樂讀456 065

神奇柑仔店8

SOS！救急媽媽面具

文 廣嶋玲子 圖 jyajya 譯 王蘊潔

目錄

序章 4

1 想要地瓜乾 10

2 媽媽面具 37

3 不哭派 80

4 夜晚的工房 119
5 面具菠蘿麵包 127
6 雙語女孩 174
7 三隻手蘋果 206
番外篇 溦溦的懲罰 237
怪童推薦的倒霉堂五大零食 251
推薦文 把好的故事內化成為自己的信念
桃園市新埔國民小學教師 李威使 256

序章

「錢天堂」柑仔店，專門販賣各種神奇的零食和玩具。

老闆娘紅子今天也忙碌的為開店做準備。她一下子用撣子清潔貨架上的灰塵，一下子用抹布東擦西擦，然後還要把新完成的零食、玩具搬到新商品區。

正當她忙得不可開交時，店門突然打開了。

一陣陰風吹來的同時，一個年紀大約七歲、身穿和服的少女走

進了店內。

這個女孩很漂亮，像洋娃娃一樣白皙的臉蛋上有兩片紅脣，剪成妹妹頭的深藍色頭髮充滿光澤，身上那件鮮紅色彼岸花圖案的黑色和服也跟她很相襯。

但是她全身散發出不祥的感覺，看起來像黑暗的化身。

少女注視著紅子，然後揚起嘴角。

「紅子，好久不見了。」

她的聲音聽起來很可怕，雖然像老太婆一樣沙啞，語氣卻嬌滴滴的。

紅子愣了一下，但立刻露出笑容。

「哎呀，真是稀客，這不是溷溷嗎？你什麼時候離開鳥籠的？」

「就在剛剛。我希望你是第一個知道我離開鳥籠的人，而且我來通知你，我的新店鋪就要開張了，順便向你打聲招呼。」

「新店？」

「沒錯。」

溷溷收起臉上的笑容，用炙熱的眼神瞪著紅子，然後慢條斯理的說：

「你害我的『倒霉堂』倒閉了，但這點小事不可能打倒得了我，我要用新開的店和你再次一較高下。」

「恕我拒絕。」

紅子難得用堅定的語氣說：

「我已經和你比賽很多次了，以後就別再競爭，我們橋歸橋、路歸路，井水不犯河水。如果你不喜歡我的店，就請你離遠點，眼不見為淨。」

「這可不行。在我認為我們真的比出高下之前，就請你多包涵了。」

「……」

「但是你可以放心。」

溦溦突然柔聲繼續說道：

「這次我不會再做驚動常闇橫町警察分局的事，畢竟我也不想再被關進鳥籠了。那我先告辭，因為我也要忙著準備新店鋪開張，那就改天見囉。」

說完自己想說的話，溦溦一溜煙就消失了。

紅子忍不住嘆了一口氣。

「真是夠了，這個人真愛找麻煩，原本還以為溦溦關進鳥籠之後會稍微收斂一點呢。說實在的，和她打交道真累人……但她詭計多端，不知道會耍什麼手段，所以我得提高警覺才行。得找巫師來作法，用更強的咒語保護這家店。」

紅子自言自語，走向店內深處的黑色大電話。

但是紅子沒注意到，剛才她和澱澱說話時，有兩個黑色的東西從澱澱的和服袖子裡滾了出來，像風一樣快速滑進了陰暗的角落……

1 想要地瓜乾

真希望可以把內心的想法說出來。

理子的煩惱就是無法坦誠說出自己的想法，尤其她最怕說出「我想要……」這句話，她覺得說這句話很丟臉也很害羞。所以即使她有想要的東西，也總是悶不吭聲。當別人問她：「理子，你想要什麼？」她總是回答：「隨便。」但每次回答之後，她就會覺得「唉，我真吃虧。」然後陷入沮喪的心情。

今天也一樣。她去同學家玩，同學的媽媽拿出三種不同的蛋糕給大家吃。

「理子，你想吃哪一種蛋糕？」

當同學的媽媽詢問時，理子像往常一樣回答：「都可以。」但她其實想吃那塊上面有草莓的巧克力蛋糕。

最後她吃了泡芙，雖然泡芙也很好吃，但她一直對巧克力蛋糕念念不忘，所以也吃得不開心。

「唉，我為什麼會這樣呢？」

理子在回家的路上忍不住嘆氣。

都已經小學五年級了，還沒辦法說出自己想吃什麼蛋糕，就連五歲的弟弟辰也都懂得任性的嚷嚷：「我要這個，還要那個。」她當然不認為自己要像弟弟那樣，但卻也不禁希望辰也的厚臉皮可以稍微分一點給自己。

「我會一直這樣嗎？一輩子都要這麼吃虧嗎？」

正當她為自己感到悲哀時，突然聽到好像有人叫她的聲音。

她東張西望的觀察了一下，看到一條小巷子。那是一條很普通的昏暗小巷，一直通往不知名的深處。

理子一看到那條小巷，立刻感受到一股力量把她拉過去。

「來啊，來這邊。」

有人在巷子深處叫她。

理子不知不覺走進了小巷，來到一家柑仔店前。

這家柑仔店掛了一塊老舊的大招牌，上面寫著「錢天堂」三個字，裡頭放滿了各式各樣從來沒見過的零食和玩具。

「豐滿洋芋片」、「金運蘋果」、「媽媽面具」、「細節陀螺」、「現釣鯛魚燒」、「萬人迷麻糬」、「不哭派」、「護身貓」、「消除口香糖」。

店門口還放了一個小冰箱，上面貼著「戀愛耍冷酷！戀愛冰」、「鬧鬼冰淇淋」之類的貼紙。

這家柑仔店太神奇了，理子忍不住興奮起來。

「我想要，我想買。」

當她閃過這個念頭時，一個高大的人影從店面後頭走了出來。

那是一個又高又大的女人，她穿著古錢幣圖案的紫紅色和服，頭髮像雪一樣白，但皮膚很光滑，臉也很豐滿，完全沒有皺紋。她的頭上插了許多五顏六色的玻璃珠髮簪，擦著紅色口紅，看起來很時尚，但也很有威嚴。

理子嚇了一跳，那個女人向她微微鞠躬說：

「幸運的客人，歡迎光臨，我是『錢天堂』的老闆娘紅子。你已經想好要買什麼了嗎？如果還沒有想好，我可以為你挑選。」

雖然老闆娘說話有點奇怪，但聲音嬌滴滴的，讓理子有一種深深被打動的感覺。

「想、想要什麼？」

「對，無論你想要什麼，都可以告訴我。」

理子正打算像往常一樣說：「沒有特別想要的，什麼都可以。」

沒想到卻脫口說出完全不同的話。

「我希望能說出自己想要什麼東西，我不希望老是覺得自己吃虧了。」

理子說完之後，忍不住瞪大眼睛。

「剛才那些話是我說的吧？」

鎮定自若的老闆娘，對被自己嚇到的理子點了點頭。

「喔，我有很適合你的商品，你等我一下。」

老闆娘走向左側的貨架，從上面拿了一樣東西，然後走回理子面前。

「你看這個，喜歡嗎？」

老闆娘手上拿著把地瓜切成薄片後，再晒乾做成的地瓜乾，蔬

果店和超市也有賣這種地瓜乾。

但是老闆娘推薦的地瓜乾，比平時看到的地瓜乾顏色更深，而且不是黃色的，它更像是金色，甚至還微微發著光。透明的塑膠袋上用紫色的字寫著「想要地瓜乾」。

「這是『想要地瓜乾』，只要吃了這個，就可以完成你的心願。雖然還有一個叫做『統統給我檸檬』的商品，但我認為『想要地瓜乾』更適合溫柔低調的你。你覺得怎麼樣？『想要地瓜乾』的甜味很濃郁，我大力推薦喔。」

理子聽了老闆娘的介紹，用力點頭同意。她第一眼看到「想要

圓頂
夢想屋

地瓜乾」，就覺得非買不可，想要立刻占為己有。

老闆娘對理子笑了笑後說：

「你也喜歡這個，那真是太好了，我來為你結帳。要收你十元。」

「十、十元嗎？」

理子急忙摸著口袋。今天早上洗碗時，媽媽曾給她十元作為獎勵，她記得自己放在裙子口袋裡，希望沒有不小心弄丟了。

令人高興的是，十元硬幣還在口袋。理子把十元拿出來，老闆娘用力點了點頭，接過硬幣說：

「沒錯，這是今天的幸運寶物，平成二十八年的十元硬幣。來，『想要地瓜乾』是你的了。通常我會對客人說很多忠告，但你很溫柔細膩，所以不需要我提醒任何事。」

「嗯……？」

「回家的路上請小心。」

老闆娘說完，就向理子鞠躬道別。

理子不太記得之後的事，當她回過神時已經回到家裡，待在自己的房間。

她打量著房間，有一種如夢初醒的感覺。

「我到底是什麼時候回家的？剛才那家柑仔店……是我在做夢嗎？」

正當她這麼想的時候，忍不住倒吸了一口氣，因為她手上正拿著閃著金光的「想要地瓜乾」。

「原來不是夢！」

理子興奮得跳了起來。

她急急忙忙打開塑膠袋，拿出「想要地瓜乾」，發現它變得更吸引人、看起來更好吃了。

理子忍不住咬了一口「想要地瓜乾」，它的口感像麻糬一樣Q

彈，越咬越有一種難以形容的甜味。那種甜味讓理子聯想到太陽的閃閃金光和溫暖，她覺得想要地瓜乾為她帶來了勇氣。

但是當她把想要地瓜乾吞下去時，喉嚨感覺有點卡卡的。如果沒有這種感覺，它簡直就是一百分的點心。

雖然理子覺得有點美中不足，但還是把想要地瓜乾全都吃完了。當她吃完之後，覺得身心都很溫暖，心情特別美妙。

這時，廚房傳來媽媽的叫聲。

「理子，你過來一下。」

她走去廚房，發現媽媽正在看食譜。

「媽媽，找我有什麼事嗎？」

「理子，我在煩惱今天的晚餐要煮什麼？炒飯或是炸豬排飯，你覺得哪一個比較好？辰也說他想吃炸豬排飯。如果是以前，即使理子想吃炒飯，也一定會說：「那就吃炸豬排飯。」

但是今天不一樣，她看著媽媽，很乾脆的回答：

「我今天想吃炒飯。」

「咦？哎喲，真難得啊，你竟然會這麼說。」

「嗯，因為已經好久沒吃媽媽做的炒飯了。媽媽，今天我們吃炒飯吧。」

媽媽看到理子這麼央求雖然很驚訝，但還是點了點頭。

「好，既然你這麼想吃，今天晚餐就吃炒飯吧！」

「太棒了！」

「看你笑成這樣，有這麼高興嗎？」

「嗯，很高興！」

理子心想，媽媽一定不知道自己為什麼這麼高興。

她並不是為炒飯感到高興，而是很高興自己終於能夠說出內心的想法，而且她說的時候沒有任何猶豫，感覺是這麼的自然而然。

這一定都是吃了「想要地瓜乾」的功勞，沒想到零食這麼快就發揮了功效。

自己以後不用再忍耐了，也不用再說「都可以」這種話了。理子在內心發誓。

從那天之後，理子想要什麼都能勇敢說出來，無論是想吃的東西、想去的地方，還是想做的事。以前每天吃點心的時候都會讓辰也先挑選，但現在她絕對不會再忍讓了，辰也哭喪著臉說：「姊姊最近變得好壞。」

雖然弟弟被她惹哭了，但理子的心情很愉快，她覺得自己無所畏懼，甚至覺得自己比以前厲害多了。

但是……

不久之後她發現一件傷腦筋的事，她發覺自己整天都在說「想要」這兩個字。

比方說，看到同學有可愛的手帕時，她會忍不住說：「好想要喔。」看到別人在喝好喝的果汁時，也會忍不住說：「我也想喝。」只要覺得「不錯」，她就會脫口說出自己「想要」。雖然她覺得很丟臉，卻無法改掉這個毛病。

理子這個也想要、那個也想要，慢慢的，大家開始討厭她了。

「不好意思，我以後不想再和你一起玩了。」

有一天放學後，好朋友麻美這麼對她說。

理子很沮喪，她覺得難過、痛苦又丟臉，但也覺得好朋友討厭自己情有可原，因為任何人都不會想和什麼都要的「貪婪鬼」當朋友。

「為什麼會這樣？一開始不是很好嗎？」

不過，「想要地瓜乾」的效果似乎越來越強，再繼續這樣下去，真的會變成整天都把「想要」這兩個字掛在嘴上。

理子越想越害怕，忍不住哭了起來。她不想讓別人看到她哭泣的樣子，但也害怕回家，因為最近連家人都對她皺眉頭。已經被朋友討厭，如果連家人也討厭自己，那就真的沒有容身之處了。

理子想一個人靜一靜，於是急忙走去校舍後方的花圃。

她坐在花圃的磚塊上，抽抽噎噎的哭了起來。這時，她突然聽到有人在對她說話。

「你怎麼哭了？發生了什麼事？身體不舒服嗎？」

「這個聲音！這種說話的語氣！」

理子忍不住抬起頭。

她看到一個高大的女人站在學校圍牆外，那個女人穿了一件紫

紅色和服，白色頭髮上插了很多髮簪——是那家柑仔店的老闆娘。

理子沒想到會在這裡遇到老闆娘，忍不住瞪大了眼睛。

老闆娘似乎也很驚訝。

「哎喲，這不是之前來店裡的客人嗎？我和墨丸在散步，沒想到遇到了意想不到的人。」

「墨、墨丸？」

一隻大貓跳到老闆娘的肩上，牠全身富有光澤的黑毛簡直就像墨汁一樣。

老闆娘充滿憐愛的撫摸著愛貓說：

「牠叫墨丸，是本店的店貓。你為什麼哭了？是不是遇到什麼傷心難過的事？」

「呃，我、我想……我想要這隻貓。啊，不對，真傷腦筋。我想要髮簪。不對不對，我不是這個意思！」

她一張嘴，就會忍不住說出各種「想要」，理子覺得很丟臉，也覺得自己很可恥，忍不住摀住了臉。

自己已經無法和別人正常交談了。

她感到絕望不已，淚水撲簌簌的流了下來。

但是老闆娘似乎知道理子想說什麼，她忍不住皺起了眉頭。

「原來是這樣，好像有點麻煩。雖然想要東西的想法沒有止境，只不過……太奇怪了，這不像是『想要地瓜乾』的效果，這簡直就像吃了『無恥地瓜乾』才有的效果啊。」

「救、救救我。你的和服真漂亮，我好想要。不對，救救我！我、我不想要這樣，我不要這樣，我不需要這種能力！不要不要！想要想要想要！」

理子大喊大叫，老闆娘目不轉睛的看著她，然後點了點頭說：

「好。」

老闆娘不知道對肩膀上的黑貓說了什麼。

聰明的黑貓眼睛一亮，從老闆娘的肩上跳了下來。牠跳過學校的圍牆，站在理子面前。

理子大吃一驚，黑貓用身體摩擦她的腳。黑貓的毛像蠶絲一樣光滑柔軟，像春天的陽光一樣溫暖。理子覺得很舒服，腦袋也完全放空，不安和恐懼都慢慢消失。

她忍不住閉上眼睛，老闆娘的聲音也變得很遙遠。

「問題已經解決了，你需要洗滌一下。墨丸，辛苦你了。」

理子猛然睜開眼睛。

老闆娘不見了，剛才在自己腳下的黑貓也不見了。

理子覺得自己好像做了一場夢。這時，麻美來到花圃，面無表情的對她說：「剛才很對不起，但是你整天說想要這個、想要那個真的不太好，不像原來的你，我覺得你應該要改正。」

「嗯，我知道，其實我也想改正這個毛病。」

「你那樣算改正？」

聽到麻美毫不留情的話，理子低下了頭，看到麻美腳上的鞋子。麻美的鞋子很新，上面還有閃亮的金色扣子，看起來很漂亮。

「你的鞋子真可愛。」

麻美聽了理子這句話，警覺的皺起眉頭。

「幹麼？你又想要了？」

「不、不是啦，我只是覺得你穿起來很好看。」

說到這裡，理子忍不住「啊！」了一聲，用手捂住嘴。

剛才沒有說，剛才自己沒有說「想要」。那個老闆娘說得沒錯，問題真的解決了。

她的淚水忍不住流了下來。

「理、理子，你怎麼了？」

「嗚哇……麻、麻美！」

理子用力抱住麻美，忍不住喜極而泣。

也許理子又變回了原來的樣子，變回那個有話不敢說，不敢把自己想要的東西說出口、整天很沮喪的理子，但那樣比什麼都想要好太多了。

理子緊緊抱著驚訝不已的麻美，哇哇放聲大哭。

吉瀨川理子，十一歲的女孩。平成二十八年的十元硬幣。

2 媽媽面具

「嗚嗚，好、好難過……」

幸介發出呻吟，昨天是今年入冬以來最冷的一天，他不小心感冒了。

起初只是喉嚨有點痛，他覺得沒什麼大礙，所以沒有太在意，沒想到過了半天之後竟然開始發燒，喉嚨也腫了起來，好像被什麼東西堵住似的。

一旦病情變嚴重，就算吃藥也無法發揮太大的作用。因為高燒不退，身體的關節很疼痛，整個人都不舒服，感覺渾身無力。

幸介真心希望有人可以在身旁照顧自己。

他現在是大學三年級的學生，離鄉背井在大學附近的公寓租了一間便宜的房子，開始獨立生活。

幸介覺得一個人生活很自由，可以隨心所欲做任何事。想睡就睡，和朋友無論玩到幾點都沒關係，也不必整天聽媽媽嘮叨去整理房間或是不要整天吃零食。一個人生活簡直太棒了，幸介覺得很高興。

但是感冒的時候，身旁沒有人陪伴會覺得很孤單。沒有人照顧自己，也沒有人關心自己，內心感到很不安。

如果自己昏過去就這樣死了，該怎麼辦？

他腦海中甚至浮現了這種念頭。

「傻、傻瓜，我這麼年輕，怎麼可能會因為感冒就死了。只要吃點東西，很快就會痊癒。」

雖然他完全沒有食欲，但無論如何都必須吃點東西，否則身體真的會越來越虛弱。

可是家裡的泡麵和即食調理包偏偏都吃完了，冰箱裡雖然有一些食材，但他現在根本沒有體力下廚。

「慘了，這下子真的慘了。」

他傳訊息給朋友拓郎，想請拓郎幫自己買食物和飲料，但是等了很久，拓郎一直沒有回訊息。

「今天是假日，拓郎可能出去玩了。」幸介想。

他的老家離這裡很遠，所以也不能請媽媽來照顧，這下只能自己出門去買東西了。

「去附近的便利商店，買完食物和營養補給飲料就馬上回家。」

對目前的幸介來說，這麼簡單的事就像是考驗，但是再困難，

他也必須出門買東西。

他拿起皮夾，不顧一切的出了門。

走在路上比想像中更辛苦，風一吹到身上就有一股寒意貫穿全身。不知道是不是發燒的關係，眼前的景色看起來都扭曲了。

他一步又一步，拚命挪動腳步。

「可惡，真想吃媽媽煮的烏龍麵。」

每次幸介感冒，媽媽都會煮熱騰騰的烏龍麵給他吃。雖然烏龍麵裡只放了魚板、蔥花和溫泉蛋這些簡單的食材，但是吃了之後就會渾身暖和起來，感冒也很快就好了。

「如果現在可以吃到媽媽的烏龍麵，不管要我做什麼都行。」

不知道是不是在想這件事的關係，幸介回過神時，發現自己身處陌生的地方。

眼前有一家小店。那是一家柑仔店，店門口放了各式各樣的零食，發著高燒的幸介覺得那些零食就像五光十色的光點，每一樣零食都閃閃發光。

「這是怎麼回事？」

幸介揉了揉眼睛，聽到有人向他打招呼的聲音。

「歡迎光臨。」

他抬起頭，看到一個身穿紫紅色和服的女人站在那裡。那個女人比幸介更高，而且身材很豐滿。雖然頭髮都白了，但臉看起來很年輕，幸介覺得她應該比自己的媽媽年輕。

女人對他說：

「歡迎來到『錢天堂』，我最引以為傲的，就是店裡的商品很豐富……啊，你看起來好像生病了，沒事吧？」

聽到女人關心的問候，幸介感到格外高興。他很想道謝，但喉嚨很痛，完全說不出話來。女人溫柔的對幸介說：

「你好像感冒了，真可憐。本店有『醫生汽水糖組』，還有『無病無災洋芋片』這些有益身體健康的商品，你想要什麼都可以跟我說。」

「搞什麼，原來這裡是藥局，不是柑仔店啊。」幸介忍不住想。

「我想要什麼？止痛藥？退燒藥？真想趕快躺下來休息，真想讓身體舒服些。但是……」想著想著，幸介情不自禁的說：「我好寂寞……」

「咦？」

「我現在孤單一人……很不安，也很痛苦。」

女人聽了幸介無助的心聲，笑著對他說：

「人在脆弱的時候，往往會發現內心真正的渴望。沒問題，既然這樣，我就拿最適合你的商品。」

店裡的牆上掛著各式各樣的面具，女人從牆上拿下一個面具，遞到幸介面前說：

「這個『媽媽面具』怎麼樣？」

那是個舞臺劇之類的表演時常會用到的英雄面具，塑膠做的面具上，有一副紅色太陽眼鏡，看起來很威風。不過也只有那副眼鏡看起來很帥氣，其他部分就另當別論了。髮型是很土的捲髮，口紅又紅又濃，感覺就像是個大嬸假扮的英雄。

幸介沒來由的想起了自己的媽媽。一想到這裡，他變得很想要這個面具，無論如何都要把這個面具買回家。

「我、我要買。」

「好，五十元，請你用昭和四十七年的五十元硬幣支付。」

「年分不一樣就不行嗎？」

「對，不行。別擔心，你一定有。」

幸介的手指在發抖，根本沒辦法拿零錢，於是他把皮夾遞給了女人。女人動作優雅的從皮夾裡拿出一枚五十元硬幣。

「沒錯，這就是今天的寶物，昭和四十七年的五十元硬幣。『媽

媽面具』是你的了，回家的路上請小心。」

幸介勉強抓住女人遞給他的「媽媽面具」，心想：我絕對不會放手。

沒想到下一剎那，他感覺眼前用力搖晃，突然什麼都看不到了。

當幸介猛然回過神時，發現自己站在租屋處的房間裡。他這才發現自己沒有去超商，手上只拿著「媽媽面具」。

「哈哈……我為什麼買了這種東西？」

幸介無力的笑著，把面具戴在旁邊的怪獸娃娃臉上。那是之前去遊樂場玩的時候拿到的獎品，大小差不多像小孩子一樣，臉也很大，所以戴上「媽媽面具」剛剛好。

「嘿嘿，很適合嘛……慘了，我不行了。」

他感覺頭暈目眩，再也站不住了，整個人倒在被子上陷入昏睡。

不知道過了多久，幸介聞到了香噴噴的味道，突然醒了過來。那是高湯的香氣，他忍不住流起了口水。

「咦？」

幸介發現自己躺在被子裡，額頭上放了一個冰袋，而且也換了睡衣。

床邊有一個托盤，上面放了一大碗烏龍麵——就是他夢寐以求

加了魚板、溫泉蛋和大量蔥花的烏龍麵。

他一看就知道，那是媽媽做的烏龍麵。

「原來媽媽來照顧我了。」

他在房間內東張西望，卻沒有看到媽媽的身影。媽媽可能出門去買菜了，知道自己並不孤單，幸介內心的不安也消除了。

他突然感覺肚子很餓，於是從床上坐了起來，拿起那碗烏龍麵。他先喝了一口湯。記憶中懷念的味道，讓他全身頓時溫暖起來。

他大口吃完烏龍麵後，又倒在床上繼續昏睡。他在睡覺時，感覺有人走到身旁照顧自己。他覺得很高興，也很安心。

幸介再次醒來的時候，已經是早上了。他的身體舒服多了，喉嚨不再腫脹，燒似乎也退了。

「媽媽，你在嗎？」

他叫了一聲卻沒有人回答，也不見媽媽的身影，不過桌子上放了一個小砂鍋。

他打開砂鍋的蓋子，發現是一鍋鹹粥，冒著熱騰騰的蒸氣，看起來也很好吃。

而且原本凌亂的房間被整理得一塵不染，丟著沒洗的衣服都洗好晾在外面，連廁所也打掃得一乾二淨。

「果然是媽媽來了。」

幸介這麼想著，內心充滿感激的吃著鹹粥。

他吃完鹹粥，又喝了冰箱裡的營養補給飲料，躺在那裡看電視。

幸介等了很久，媽媽仍然沒有回家。

「媽媽是不是回去了？」

他原本想打電話道謝，但最後還是作罷。他覺得即使自己不說，媽媽也會知道自己很感謝她，而且他決定再去睡一覺。

當他準備鑽進被子時，發現地上有一個紅色的東西，原來是那個塑膠面具。

Cut

「對了，這是我昨天在柑仔店買的……我為什麼會想買這種東西呢？仔細一看就會發現一點都不帥氣……這根本是大嬸假冒的英雄面具吧。」

即使這樣，他仍然很慶幸買了這個面具。他對這樣的自己感到不知所措，當他把面具翻過來時，發現背面寫了很多小字。

如果你因為太忙沒有時間打掃，或是感冒沒辦法下廚而傷腦筋，向你大力推薦「媽媽面具」！只要把面具放在家裡，面具就會幫你完成所有的家事！但是，在母親節那一天……無敵模式……要小心。……心存感恩的人，在母親節這一天絕……不要使用……

有些地方的字很模糊，幾乎看不到，好像被人用指甲刮掉了。

但是幸介並不在意，因為他已經看到了重點。

「真的假的！」

所以昨天是這個「媽媽面具」在照顧自己、為自己下廚，還把房間都打掃乾淨嗎？

他無法馬上相信這種事，於是急忙打電話回家確認。

「喂，媽媽？是我，幸介，你昨天有沒有來我家？」

「你在說什麼啊，我當然沒去啊。」

「真、真的嗎？」

「你怎麼了？難得打電話回家，竟然問這種奇怪的問題，該不會是發生了什麼事吧？你遇到麻煩了嗎？沒事吧？」

「不是，我沒遇到麻煩，只是想問一下。我沒事，那我就掛了。」

「幸介，等一下！」

「對不起，我現在真的很忙，改天再打電話回家。」

幸介不由分說的掛上電話後，打量著「媽媽面具」。

這似乎是真的。面具的確具有說明書上寫的那些能力，但是面具不可能自己做事，既然做了家事，一定是有人戴上了面具。

幸介這才想起昨天倒頭大睡之前，自己把「媽媽面具」戴在怪獸娃娃的臉上。

雖然難以置信，但幸介還是回頭看著怪獸娃娃。怪獸娃娃坐在那裡，看起來不像曾經移動過。

「對嘛……不可能有這種事。」

雖然覺得有點可笑，但他再次把「媽媽面具」戴在怪獸娃娃的臉上。

什麼都沒有發生，怪獸娃娃一動也不動。

「我就知道。既然這樣，到底是誰……哈、哈啾！」

他突然抖了一下，打了一個噴嚏。雖然感冒已經好多了，但仍然不能大意。雖然他很在意「媽媽面具」的事，但現在還是乖乖吃藥睡覺比較好。

幸介這麼想著轉過頭時，忍不住瞪大了眼睛。

因為剛才裝鹹粥的砂鍋和用過的湯匙，都放到流理臺去了。那些東西先前明明是放在桌上，而且擦乾淨的桌上，現在放著裝了水的杯子和感冒藥。

「這、這是怎麼回事？」

啪嗒。

幸介身後響起一個聲音，回頭一看，原來是「媽媽面具」掉到地上了，剛才它明明還好好的戴在怪獸娃娃臉上。

該不會是瞬間移動？戴了「媽媽面具」的娃娃，在一眨眼的工夫就把砂鍋收去流理臺，然後把藥放在桌上？

雖然明知道不可能，但無論怎麼想都只有這種可能性。不，絕對就是這樣。

幸介內心的驚訝慢慢平靜，越想越開心。

「媽媽面具」真的有這樣的能力，真的能夠幫忙做家事。

「我……是不是真的買到了很了不起的東西？」

從今以後，打掃、下廚這些麻煩事都不必自己動手了。幸介忍不住感動起來。

「無論如何，先養好身體再說。」

幸介充滿感激的吃了藥，接著鑽進了被窩。

短短幾天之後，幸介的感冒就完全好了。在他病好之後，「媽媽面具」更是大顯身手。

打掃、洗衣服、下廚做飯，只要把錢放在桌子上，甚至還會幫忙採買。幸介只要在出門前，把「媽媽面具」戴在怪獸娃娃的臉上就搞定了。

「媽媽面具」到底是怎麼買東西的？雖然幸介曾經偷偷監視過，但面具在他監視時完全沒有動靜，也不做任何家事，似乎只有在幸介看不到的時候才會開始行動。

無論如何，只要知道「媽媽面具」的使用方法，生活就會變得輕鬆無比。

從學校下課回家時，家裡的每個角落都打掃得一塵不染，桌上

總是放著熱騰騰的飯菜。每天早晨都有人輕輕叫他起床，他上課不再遲到，而且每天都可以穿熨燙過的襯衫去學校，同學都忍不住懷疑：「你是不是交了女朋友？」

而且「媽媽面具」不像真人媽媽會干涉幸介，只會默默做好幸介希望別人代勞的事，簡直就像是有一個隱形的傭人。幸介越想越開心。

他已經無法想像沒有「媽媽面具」的生活，絕對要緊緊抓住難得的好運。

幸介帶著這種想法，享受著美妙的單身生活。

隨著時間的流逝，冬天慢慢變成了春天。今年一直很冷，進入五月之後才終於進入了溫暖的季節。

「衣服要換季了，今天我同學拓郎要來家裡吃晚餐，記得煮他最愛的咖哩肉醬。」

幸介說完，便出門去學校和拓郎碰面了。拓郎是他在社團認識的朋友，兩個人很合得來。他們一起騎腳踏車回幸介家時，拓郎在路上問幸介。

「對了，幸介，今天晚餐要吃什麼？」

「吃咖哩肉醬啊，你不是很愛吃嗎？」

「哇，太棒了！我超愛、最愛了！……對了，咖哩肉醬是你那個傳說中的女朋友做的嗎？」

「才不是！我根本沒有女朋友！」

「又來了、又來了，你其實有女朋友吧？」

「我真的沒有！都怪你們隨便亂說，所以女生都不敢靠近我！你們真的別再亂說了。」

「嘿嘿嘿，那就當作是這麼一回事吧，好期待吃咖哩肉醬啊。」

幸介也很期待。「媽媽面具」做的咖哩肉醬簡直是絕品，之前他有請「媽媽面具」做過一次，只要回想起當時的味道，口水就會忍不住流下來，真想趕快回到公寓狼吞虎嚥。

幸介和拓郎衝上公寓的樓梯，用力打開了家門。

咖哩香噴噴的味道撲鼻而來，兩個人的肚子都忍不住發出了咕嚕咕嚕的叫聲。

拓郎興奮的說：

「太讚了！光聞味道就知道很好吃！絕對是你女朋友做的吧？你不可能做出這麼好吃的咖哩！」

「你可別小看我！堂堂男子漢，怎麼可能連真正的咖哩都不會做？你先閉嘴，去那裡坐著等吃飯，我馬上就端過去。」

幸介把拓郎趕出廚房。他首先打開鍋蓋，鍋子裡裝了滿滿一鍋咖哩肉醬，一看就覺得很好吃。他試吃了一口，發現香料的香氣和辛辣味簡直是絕配，好吃得不得了。

他接著打開電子鍋，鍋內的白飯都閃著晶瑩的光澤，而且剛煮好的飯還冒著熱騰騰的蒸氣。

他在大碗裡裝了滿滿的白飯，然後把咖哩肉醬淋在飯上。

「幸介，你怎麼會有這種東西？」

拓郎走了過來，手上拿著「媽媽面具」，用調侃的聲音詢問。

「拓郎！你不要隨便亂碰別人的東西！」

「有什麼關係，這是什麼？這個面具看起來好土，你在哪裡買的？」

「不用你管啦。你廢話少說，趕快去坐好。」

幸介心慌意亂的叫著，看到拓郎隨便亂動自己重要的面具，他忍不住有點提心吊膽，而且被朋友看到「媽媽面具」也讓他覺得很丟臉。

可能是察覺了幸介的想法，拓郎更加不懷好意的調侃他。

「怎麼回事？這個面具對你來說這麼重要嗎？喔，我之前都不知道，原來你有這方面的興趣。」

「都跟你說不是了，只是因為這是……別人送我的。」

「是喔，該不會是你女朋友送的？竟然送這麼奇怪的禮物。」

拓郎仍然不罷休，最後甚至把「媽媽面具」戴在臉上。

「怎麼樣？你看了之後有沒有想起可愛的女朋友？」

「你別鬧了！這種面具根本不重要！」

幸介忍不住大聲說道。

突然間，拓郎垂下了頭，站在原地一動也不動。

「喂，拓郎？你怎麼了？你不要再鬧了。」

「也……」

「嗯？」

「也不想想是誰在鬧啊！」

拓郎抬起頭後發出可怕的聲音，戴在他臉上的「媽媽面具」，從眼睛發出了紅光。

「啊！」

「你每次都只想到自己！任性自私，不負責任，竟然還敢說我根本不重要！在今天這個日子，我絕對饒不了你！」

「喂、喂，拓郎！」

「我才不是什麼拓郎！叫我『媽媽』！在母親節這天也不懂得感

恩的人，就讓『媽媽面具』來好好懲罰你！我要替天行道！」
拓郎用好像大嬸的聲音，說著大嬸會說的話，簡直就像被附身了。

下一剎那，「媽媽面具」下的眼睛發出兩道光束，紅光讓房間內完全變了樣。

原本井然有序的東西全都飛了起來，衣服從衣櫃裡擠出來，書從書架上掉落，被子亂糟糟的丟在房間角落，衛生紙和CD都丟在地上，連站的地方都沒有。垃圾桶裡的垃圾滿了出來，流理臺堆滿還沒洗的碗盤，發出陣陣臭味。

這就是幸介房間以前的樣子。

幸介大吃一驚，戴著「媽媽面具」的拓郎把抹布塞到他手上說：

「先擦地！」

幸介嚇得想要逃走，卻被拓郎壓制住了。他掙扎著嘗試逃脫，但是完全無法動彈，拓郎的力氣太驚人了。

「好痛！好痛、好痛啊！」

「你到底要不要乖乖聽話？要，還是不要？把話說清楚！」

「我要！我要、我要，所以先、先放開我。」

幸介哭著投降了。

在那之後，幸介真的被整慘了，戴著面具的拓郎說：「我要讓你知道媽媽有多辛苦！還要讓你親身體驗一下！」然後要求他打掃房間的每個角落。

最麻煩的就是廁所和浴室，在打掃到一塵不染之前都不能停手。幸介只能用力洗刷霉斑和髒污，結果搞得全身痠痛。

而且幸介還不能休息，只要稍微停下來喘口氣，「媽媽面具」就會發出閃電般的激光射向他，幸介不想被電得渾身發痛，只能咬牙一直打掃。

最後，幸介身心俱疲，無力的躺在地上。

「媽媽面具」語重心長的對累得不成人樣的幸介說：

「好，今天就暫時原諒你，下次你再敢說這種天理不容的話，『媽媽面具』隨時奉陪。」

「媽媽面具」說完這句話便裂成兩半，拓郎的臉露了出來。

拓郎呆若木雞的站在那裡，然後突然眨了眨眼睛。

「我剛才好像做了一個超可怕的夢……幸介，不好意思，我要回家了。」

拓郎說完這句話，就匆匆離開了。

家裡只剩下幸介一個人，他緩緩伸手拿起「媽媽面具」。

剛才這齣鬧劇絕對是「媽媽面具」的傑作，絕對錯不了。

但是為什麼會這樣？之前從來沒有發生過任何問題啊？

幸介慢慢思考著，他知道「媽媽面具」很生氣，而且還連續罵他好幾次「你這個連母親節都不懂得感恩的笨兒子」。

「我是不是不該說『這個面具根本不重要』呢？但是……嗯？母親節？」

幸介急忙看向月曆，發現今天的日期旁邊標示著「母親節」三個小字。他這才想起，今天在路上看到很多小孩子手上拿著康乃馨。

「不會吧！」

幸介猛然想起一件事，他把「媽媽面具」翻了過來，急忙看著寫在面具背面的說明。

如果你因為太忙沒有時間打掃，或是感冒沒辦法下廚而傷腦筋，向你大力推薦「媽媽面具」！只要把面具放在家裡，面具就會幫你完成所有的家事！但是，在母親節那一天……無敵模式……要小心。……心存感恩的人，在母親節這一天絕……不要使用……

「就是這個！」

幸介終於恍然大悟。

有些說明文字因為太模糊而看不清楚，但上面一定是寫著：

但是，在母親節那一天會啓動無敵模式，所以要小心。無法心存感恩的人，在母親節這一天絕對不要使用。

「啊，笨蛋、笨蛋，我這個大笨蛋！」

為什麼沒有把面具事先藏好，不要讓拓郎發現它呢？而且如果自己記得今天是母親節，就不會出事了。不對，如果這個「媽媽面具」的說明書很完整，就不會發生這種事了。

不過現在後悔也來不及了，「媽媽面具」已經無法使用了。

幸介又哭又叫，失望不已……過了一會兒，才慢慢冷靜下來。

「這是不是我應有的報應？」

回想之後，幸介發現自己從來沒有對「媽媽面具」說過「謝謝」，他總是理所當然的要求「媽媽面具」做這做那。如果平時每天都有說「謝謝」，或是說「今天煮的菜也很好吃」這種話，就算拓郎來搗蛋，「媽媽面具」應該也不會大發雷霆。

最後會變成這樣，和母親節跟拓郎都沒有關係，關鍵還是平時幸介對待「媽媽面具」的態度。

幸介忍不住嘆氣，覺得自己真是個大笨蛋。這時，他突然想到了自己的父母。

他已經很久沒回家了，即使爸媽打電話給他，他也總是很不耐煩的匆匆掛斷，或是根本不接電話，簡直就和對待「媽媽面具」的態度一樣。

想到這裡，他內心產生了滿滿的歉意。

爸爸和媽媽總是擔心自己的生活，自己竟然這麼冷漠，這麼無情。

「不知道媽媽、爸爸最近身體狀況好不好。」

他突然很想聽聽爸媽的聲音，於是打電話回家。

「啊，媽媽？嗯，是我，幸介。幹麼這樣，我很好啊，只是因為今天是母親節，所以我想偶爾打個電話回家。……你們都好嗎？」

這一天，幸介和爸爸、媽媽一直聊到深夜。

丹原幸介，二十一歲的年輕男子。昭和四十七年的五十元硬幣。

3 不哭派

鐵志從小身材就很高大，就讀小學四年級的他，在全班甚至在全年級都是最高的，而且他力氣也很大，打架從來不會輸人。

既然如此，其他同學是不是會對他刮目相看呢？

並沒有這種事，因為鐵志是個愛哭鬼。

他遇到難過的事或是感到害怕時當然會哭，但在生氣或是情緒激動時，眼淚也會情不自禁的流下來。打架贏了卻淚流滿面，真是

一點都不帥。

鐵志覺得就算打架再厲害、身材再高大，只要自己有愛哭這個毛病，一切就毀了。他覺得同學都看不起他，所以感到很丟臉。他很努力讓自己不要哭，想哭的時候就臉部用力，然後把眼睛瞪得很大。

但是無論他再怎麼努力，還是沒有效果，他已經徹底投降了。

今天他又哭了。

中午休息時間，班上幾個男生圍著內野美紀吵吵鬧鬧。鐵志最近暗戀美紀，他覺得美紀很可愛，而且她還很愛小動物。

美紀坐在自己的課桌前看書，幾個男生故意去撞她，鐵志看到之後忍不住火冒三丈。

「你們別鬧了！這樣不是很危險嗎？如果要打鬧，就去外面！」

鐵志大聲喝斥，那幾個男生嘿嘿笑了起來。

「哇，我好害怕！」

「鐵志，你不要生氣嘛！」

「你說什麼！」

鐵志氣得臉都漲紅了，同時淚水在眼眶裡打轉。

慘了！美紀也在看著自己！

鐵志越想越著急，忍不住大聲叫了起來。

「廢話少說，我們出去解決！不要影響到其他人！」

這時，淚水已經順著他的臉頰滑了下來。

「哇，這傢伙又哭了。」

「鐵志真是個愛哭鬼，我們什麼都沒做，別人看到還以為我們欺負你呢，真是讓人不舒服。」

「你……」

鐵志因為在美紀面前流淚覺得很沮喪，再加上對那幾個男生很生氣，所以腦筋頓時一片空白。當他回過神時，發現自己已經撲向那幾個嘲笑他的男生，之後當然就是雙方大打出手。

放學後，鐵志被老師叫去辦公室狠狠罵了一頓，他當然又哭了。

此刻，他帶著哭腫的臉，垂頭喪氣的走回家。

「可惡！為什麼我、我老是會這樣！」

他在感到懊惱的同時，眼淚忍不住又流了下來。

真是太討厭了，他痛恨自己這麼愛哭，真希望可以把一輩子的眼淚都拿走。

正當他發自內心這麼想的時候，聽到了貓叫的聲音。

「喵嗚。」

境美化週

鐵志抬起頭，發現不遠處有一隻貓。那是一隻很大的黑貓，尾巴很長，身上的毛很有光澤，很少看到貓身上的毛這麼光亮。黑貓用一雙藍色的眼睛看著鐵志，然後用前腳向他招了招手，似乎在叫他過去。

鐵志原本很沮喪，但看到黑貓的動作，忍不住高興起來。他躡手躡腳的走過去，黑貓卻轉身邁開了步伐，走進一條小巷內，還頻頻回頭看著鐵志。

「原來牠想帶我去某個地方。」

鐵志順從的跟著黑貓走進小巷。跟著黑貓去某個地方，有一種

探險的感覺，也令人很興奮，應該可以轉換心情。

鐵志跟在黑貓身後來到小巷深處，眼前出現一家柑仔店。

「為什麼這裡會有柑仔店？」

鐵志忍不住偏著頭感到納悶，黑貓卻頭也不回的走進柑仔店，然後用撒嬌的聲音叫了一聲：「喵嗚。」

有一個人立刻從店裡走了出來。

鐵志忍不住「哇」了一聲，因為走出來的老闆娘身材高大，雖然臉蛋看起來很年輕，但頭髮全都白了。她穿著一件紫紅色古錢幣圖案的和服，動作落落大方，鐵志覺得這就是所謂的「動人心魄」。

老闆娘對黑貓露出溫和的笑容。

「墨丸，你跑去哪裡了？今天的點心是特製鮪魚罐頭。」

「嗚喵嗚喵。」

「嗯？你發現了幸運的客人，所以把他帶來了？真的嗎？」

老闆娘看向鐵志，紅色的嘴唇露出了笑容。鐵志見狀，覺得脖子有點癢癢的感覺。

「辛苦你了，你真是一隻聰明的店貓。」

老闆娘把黑貓抱了起來，一邊摸著牠說「好乖、好乖」，一邊走向鐵志。鐵志感受到老闆娘的氣勢，又有點想哭了，但就算他想

逃走，兩隻腳也動彈不得。

老闆娘用嬌滴滴的溫柔聲音小聲對他說：

「歡迎你，我是『錢天堂』的老闆娘紅子，無論你有什麼願望，我都可以滿足你。來，你趕快說說你有什麼願望。」

「啊？願、願望？」

「對，這是一家可以滿足客人願望的店，你可以慢慢看。」

老闆娘說完，向旁邊退了幾步，讓鐵志可以看到店裡的零食。

鐵志這次真的倒吸了一口氣。他剛才只注意到黑貓和老闆娘，完全沒發現店裡的零食和玩具，全都是他以前從來沒有見過的東西——「祕密豆沙」、「奇蹟果凍」、「偷窺夢想眼鏡」、「烹飪樹」、「羊羊棉花糖」、「小豬優格」、「心動餅乾」、「猜拳糖」、「面具菠蘿麵包」、「報應糖」。

這邊的貨架上放著「國王軟糖」，那邊的貨架上有「花花公子糖」，腳下的木箱裡裝的是「王子布丁」。

有趣的商品接二連三映入眼簾。

鐵志看得出神，但他的雙眼被其中一款零食吸引了。

那是一塊差不多和手掌大小一樣、圓圓厚厚的派餅，用保鮮膜包了起來。

那個派餅的表面用黑色巧克力和草莓果醬畫了一張臉，不過那張男生的臉並不可愛，嘴角垂了下來，眼睛瞪得很大，還有兩道濃眉，堅強的表情好像在說「我從來不哭」。

也許正是這個原因，鐵志很想要這塊奇怪的派。

「我想要！無論如何都想要！」

當他目不轉睛的看著那塊派時，老闆娘在一旁小聲對他說：

「你好像找到了想要的東西。」

「嗯，我要那個……我要那個派。」

「好，你要『不哭派』。」

老闆娘說完，把那塊派拿了起來。

「這款零食最適合愛哭的人，總共五百元，你要買嗎？」

鐵志想起媽媽在他上小學第一天時，曾經給過他五百元。

「你聽好了，這個五百元你要隨時放在書包裡，真正遇到困難時才拿出來用，絕對不可以拿去買零食吃。」

鐵志一直遵守著媽媽的叮嚀，所以至今五百元還在。

如果媽媽知道自己用這五百元來買零食，一定會氣得跳腳，但他完全沒有猶豫。

現在不用，要等到什麼時候才用！

鐵志從書包裡拿出五百元硬幣交給老闆娘，老闆娘開朗的笑容簡直就像向日葵一樣明亮。

「好，這是今天的寶物，平成十一年的五百元硬幣，那麼這個就交給你了。」

鐵志用顫抖的手接過老闆娘遞給他的「不哭派」。他實在太高興了，眼淚忍不住流了出來。雖然他覺得很丟臉，但還是忍不住流下了眼淚。

老闆娘對擦著淚水的鐵志說：

「哭泣並不丟臉……希望你以後可以了解這一點。」

老闆娘的聲音深深打動了他，他又忍不住流下了眼淚。

鐵志急急忙忙向老闆娘道了謝，然後衝出柑仔店，像子彈一樣一路跑回家。

他悄悄回到自己的房間，不想被媽媽發現，但還來不及放下書包，就忍不住打量著「不哭派」。啊，他的心跳很快，簡直有點喘不過氣來，為什麼這款零食這麼吸引人呢？

「不管怎樣，先吃吃看吧。」鐵志把「不哭派」翻過來，準備拆下保鮮膜時，他看到派餅的底部貼了一張貼紙，貼紙上用小字寫了以下的文字：

有時候根本不想哭，但眼淚還是會忍不住流下來？如果你覺得這樣很丟臉，那就要向你推薦這款「不哭派」。吃了「不哭派」，就可以忍住眼淚！但是想哭的時候要特別小心，因為之前忍住的淚水會一口氣噴出來。

「絕對不會有問題！」

鐵志忍不住大叫出聲。

自己絕對不會有想哭的時候，所以也絕不可能發生之前忍住的淚水一口氣噴出來的情況。他多年的願望，現在終於可以實現了。

想到這裡，淚水忍不住又快要流下來了，必須趕快消除這個麻煩的毛病。

鐵志撕下貼紙，折下保鮮膜，咬了一口「不哭派」。

「不哭派」很好吃，夾在中間的卡士達醬又甜又濃郁，巧克力和草莓醬成了最佳點綴。

但是在吞下去的時候，喉嚨深處有一點卡卡的感覺，不過吞完就完全沒感覺了。

鐵志幾乎兩口就把「不哭派」吃完了，他覺得心情格外舒暢。

太幸福了，簡直幸福到快要流淚了。

如果是平時，他可能真的會哭，但不知道是不是吃了「不哭派」的關係，他的眼眶乾乾的。

「搞不好真的有效。」

鐵志越想越興奮。

光是這樣無法知道到底有沒有效，他希望可以發生能讓他確認效果的事。

正當他這麼想的時候，那天晚上，爸爸租了電影的DVD回家。那部電影的劇情很有趣，只是中間有一幕很悲傷。身為主角的少年，必須和他心愛的狗分開。

那隻忠實的狗為了拯救少年，從懸崖上墜落。鐵志看到這一幕，差一點就哭出來了，但他急忙在心裡告訴自己：「我不想哭，我不會哭！」

他立刻感覺到眼眶裡的淚水消失了。

他大吃一驚，甚至忘了繼續看電影。

消失了！想哭的感覺和眼淚都消失了，簡直像做夢一樣。

鐵志目瞪口呆，坐在旁邊的媽媽發現了他的異狀。

「哎喲，真難得啊，你今天怎麼沒有哭？」

「啊？什、什麼？」

「我在說電影啊，每次看到這種劇情，你不是都會哭嗎？平時都會哇哇大哭。」

「當、當然啊，我已經不是小孩子了，看電影或動畫有什麼好哭的。」

「哎喲，是這樣嗎？」

「就是這樣，我已經不是愛哭鬼了。」

鐵志努力掩飾內心的驚訝，逞強的說。

在那之後鐵志也沒有哭，即使看到少年和心愛的狗再次見面的感人結局，他也完全沒有流一滴眼淚。

絕對錯不了，「不哭派」讓鐵志有了不哭的能力。這簡直太棒了，鐵志高興得在自己的房間內又蹦又跳。

隔天，鐵志再也不哭泣了。即使挨了老師和父母的罵，即使和別人打架，或是他感到很不甘心時，只要告訴自己一點都不想哭，眼淚就不會流下來。

鐵志的改變讓周圍的人都很驚訝，他聽到班上的女生偷偷議論「蘇我鐵志同學最近有點帥」時，忍不住露出了得意的笑容。

那些調皮搗蛋的男生，之前覺得鐵志愛哭很好玩，所以常常逗他，最近也不再逗他，對他說：「你最近越來越不好玩了。」

啊，當初買「不哭派」真是買對了。鐵志深深體會著自己的幸福。

就在這時，發生了一件事。

鐵志的班上養了一隻名叫「文文」的文鳥，牠全身像雪一樣白，嘴巴是漂亮的櫻花色。從牠還是幼鳥的時候，班上就開始飼養了，大家都很喜歡牠，簡直就是全班的偶像。

鐵志當然也很喜歡文文，先前沒有選上飼養員的職務，他還因為不甘心而哭了。

但深受大家喜愛的文文失蹤了。負責飼養員工作的麗莎，早上把牠從籠子裡放出來，想要讓牠活動一下，沒想到文文趁機從打開的窗戶飛走了。

麗莎泣不成聲的說，窗戶只開了一條縫，所以她沒有發現。

班上所有同學都很難過，老師趕到時也臉色鐵青。

「好、好，今天第一節課停課，大家一起去找文文。」

老師一聲令下，全班同學都走出教室。雖然無法走出學校，但大家在操場和頂樓尋找文文的蹤影。

「文文！」

「文文！趕快回來！」

鐵志大聲叫著，幾乎快把嗓子叫啞了，但還是沒有找到文文。

大家垂頭喪氣的回到教室，有人小聲嘀咕說：

「不知道……文文現在會不會害怕。」

鐵志聽了大吃一驚。沒錯，文文從來沒有離開過教室，突然面對外面的世界一定很害怕。

這時，另一個同學嘟噥說：

「這一帶有很多野貓……我表哥養的鸚鵡就被貓吃掉了。」

「嗚、嗚嗚嗚……」

向來很堅強的一郎哭了起來。

其他同學也跟著哭了，有人抽抽噎噎，有人放聲大哭，也有人咬著牙默默流淚。雖然每個人哭的方式不同，但大家都哭了，只有鐵志一個人沒有哭。有人發現了這件事，忍不住叫了起來。

「鐵志，你不難過嗎？」

全班同學都看著鐵志。

「他以前明明是個愛哭鬼。」

「原來他是個鐵石心腸的人。」

「難道他不擔心文文的下落嗎？」

「簡直難以置信耶。」

大家都用看壞蛋的眼神看著鐵志，鐵志忍不住感到害怕，就連美紀也露出輕蔑的神情，讓他深受打擊。

「好，來哭吧。」鐵志下定了決心。

「不哭派」的說明書上寫著，一旦哭泣，之前忍住的淚水就會一下子噴出來，所以肯定會哇哇大哭，但總比被美紀認為自己是無情殘忍的人好多了。

「我想哭。」

鐵志在心裡這麼想著。文文失蹤真的讓他大受打擊，而且也很難過，所以眼淚應該很快就會流出來。

沒想到等了很久，卻什麼事都沒有發生，鐵志的眼睛仍然乾乾的，連眼眶都沒有濕。

怎麼會這樣？這和說明書寫的完全不一樣！

鐵志著急起來，大家的眼神越來越冷漠，簡直就像把失去文文的悲傷和憤怒，全都投射到鐵志身上。

「快哭！趕快哭！要讓他們知道，其實我也很難過。」鐵志用力眨著眼睛，卻完全沒有擠出一滴眼淚。

鐵志終於忍不住衝出教室，老師在背後叫他，但他仍然沒有停下腳步。

他一路衝出校舍，來到空無一人的操場。操場角落有一棵很大的栲樹，鐵志坐在樹下。

「怎麼會這樣？為什麼……為什麼哭不出來？太奇怪了，『不哭派』的說明書上不是說，可以在想哭的時候哭嗎？」

美紀剛才的眼神在他腦海中揮之不去，美紀會覺得自己很無情嗎？

他很痛苦、很難過，也感到很悲哀，但眼淚還是流不出來。

正當他用手捂著臉的時候，聽到頭上傳來窸窸窣窣的聲音。

鐵志抬起頭，立刻瞪大了眼睛，因為他看到一隻黑貓從樹上走下來，嘴裡叼著一個白色的東西。

「文文！」

是文文，雖然牠無力的一動也不動，但似乎還活著。

鐵志瞪著黑貓，想要把文文搶過來。這時，他忍不住倒吸了一口氣。

這隻大貓有藍色的眼睛，富有光澤的毛，和又長又漂亮的尾巴，一定就是帶自己去那個神奇柑仔店的黑貓。

鐵志立刻火冒三丈。

「全、全都怪你！」

黑貓看到鐵志對自己大叫，似乎嚇了一跳，但牠沒有逃走，而是盯著鐵志。

鐵志滔滔不絕的說：

「都怪你！如果不是你帶我去那、那家柑仔店，我就不會買那種可疑的商品！雖、雖然我不再愛哭了，但有時候也會想哭，現在想哭的時候也哭不出來！什麼『不哭派』，根本是騙人的，騙人的！」

雖然鐵志很想繼續罵下去，但他說不出話，而且有點喘不過氣。

這時，黑貓有了動靜。牠叼著文文想要離開，鐵志急忙叫住牠。

「等、等一下！對、對不起，我不該罵你，我向你道歉……拜託你把文文還給我，那是一隻很重要的文鳥，牠是我們全班一起養的文鳥……如果你願意還給我，我明天帶火腿給你。一片……不，我給你兩片。」

「……」

「那是很好吃的火腿，是我爸爸公司老闆送給他的，比這種小文鳥好吃多了。怎麼樣？拜託你把這隻文鳥還給我。」

鐵志拚命向黑貓拜託。

黑貓想了一下，然後走到鐵志面前，把文文丟在地上。

「文、文文！」

鐵志急忙把文文抱了起來。文文還活著，羽毛上滲著血，不知道是不是被黑貓抓到時留下的傷痕，但牠看著鐵志「啾」的叫了一聲。

「太、太好了，謝謝、謝謝你！我明天會帶火腿給你！」

鐵志小心翼翼的捧著文文，跑回了校舍。

「喂！文文！我找到文文了！」

鐵志衝進教室，當大家看到他手上的文文時，個個都很驚訝。

大家為文文處理傷口，又讓牠吃了很多有營養的食物，牠很快就恢復了精神。大家看到都鬆了一口氣，還有好幾個同學忍不住熱

淚盈眶。

鐵志也很想哭，但他還是哭不出來，所以在大家出口責備之前，他悄悄的走出了教室。

沒想到他才剛鬆了一口氣，美紀就走了過來。

「鐵志。」

「美紀！我……不、不是啦，我其實也很想哭，文文失蹤的時候，我也很想哭，但是……我哭不出來，我現在已經變成這樣了。」

鐵志把自己經歷的事全都告訴了美紀，美紀默默的聽他說完。

「情況就是這樣……你應該不相信有這種事吧？」

鐵志垂頭喪氣，美紀對他搖了搖頭說：

「不，我相信。」

「真、真的嗎？」

「嗯，因為你最近突然變了，如果不是有什麼原因，不可能會變成那樣。我在文文失蹤的時候，是這麼想的。」

「是、是這樣啊？」

「嗯，照理說你應該很擔心，然後會放聲大哭才對……別擔心，我知道你比別人更善良，我明白的。」

美紀對鐵志嫣然一笑，他的臉都紅了。為了掩飾害羞，他急忙說：

「對了，我明天要帶火腿來學校。」

「火腿？」

「嗯，要給抓到文文的貓。我和牠約定好了，牠把文文還給我，我就會給牠兩片火腿。」

「原來是這樣……我也想看看那隻貓，我明天可以和你一起餵牠吃火腿嗎？」

「好、好啊。」

「太好了！好期待。鐵志，你說對不對？」

「……」

原來美紀理解自己想哭卻哭不出來的感覺。鐵志感到很高興，雖然沒有流淚，但他在心裡稍微哭了一下。

「鐵志？」

「嗯？喔，對啊，我也很期待。」

鐵志點了點頭。

這個時候，「錢天堂」的店貓墨丸在巷子內奔跑，牠的目的地當然是「錢天堂」。

正在店裡的紅子看到墨丸回來，露出溺愛的笑容。

「墨丸，你回來了。今天的散步怎麼樣？有沒有什麼開心事？」

「喵啊啊啊！喵、喵啊啊！」

「啊？這是怎麼回事？」

「喵啊，喵、喵、喵嗯，喵啊啊！」

紅子聽墨丸說話時，臉上的表情越來越嚴肅。

「這樣啊，那真是太奇怪了。『不哭派』的力量可以讓人在不想哭的時候不哭，但想哭的時候還是可以哭才對。這效果簡直就像變成了絕對哭不出來的『哭不出來派』……上次的『想要地瓜乾』也是這樣，真是太奇怪了……」

「嗚喵？」

「不，我會調查。對了，墨丸，你明天不是要和那個男孩見面嗎？那就為他消除『不哭派』的效果吧，因為『錢天堂』販售的商品不可以發生和原來效果不同的情況。」

「喵嗚。」

墨丸用力叫了一聲，似乎是一口答應了。

蘇我鐵志，十歲的男生。平成十一年的五百元硬幣。

4 夜晚的工房

柑仔店「錢天堂」位在地下室的巨大工房，正在生產製造店裡販售的所有零食。

金色的小招財貓負責生產工作，牠們用各種不同的材料、鍋子和工具，每天都忙碌的工作。

有的小招財貓負責烤仙貝，有的負責做餅乾，還有的在煮果醬，或是製作棉花糖，個個忙得不可開交。

但這是白天的情況，一到晚上，工房內就沒有半隻小貓了。招財貓吃完美味的晚餐，就會上床睡覺了。

這一天也一樣。

半夜的時候，招財貓都進入了夢鄉，工房內的燈都關了，陷入一片黑漆漆的寂靜之中。

但是有東西在黑暗中窸窸窣窣的活動。

是兩個一起行動的小黑影，牠們無聲無息的在地上和貨架上跑來跑去，一下子打開砂糖的袋子，一下子拿起大鍋子的鍋蓋，還加了什麼東西攪拌起來，忙得不亦樂乎。

不一會兒，兩個小黑影來到一輛花車展示架前，上面放著做好的零食。

黑影立刻想要爬上花車展示架，但不知道為什麼，爬到一半就動彈不得，既爬不上去，也無法下來。

黑影拚命掙扎，這時電燈突然亮了。

「嗚喵啊啊啊！」

「嗚喵啊啊啊！」

金色的招財貓大叫著，紛紛撲了過來，一下子就包圍了花車展示架。

紅子慢條斯理的走了過來。

她一看到花車展示架，立刻嘆了一口氣。

「真是夠了，果然有壞蛋闖進來，幸好我事先設了陷阱……『錢天堂』特製的黏膠威力如何啊？」

紅子說話時，眼睛注視著黏在花車展示架上的兩隻黑色招財貓。

黑色招財貓瞪大眼睛，大聲喊叫著，但牠們的手腳都被黏膠黏住了，根本無法動彈。

紅子對金色招財貓說：

「招財貓，這裡就交給我吧，你們四處檢查一下。不知道牠們動

了什麼東西，有任何異狀馬上通知我。」

金色招財貓立刻散開執行任務。

「接下來……」

紅子再度看向兩隻黑色招財貓。

「竟然是黑色的招財貓，沒想到你們會闖進來。嗯……只有一個人會做這種事，沒想到她剛從鳥籠放出來就馬上動手了，真不知道該不該說她不懂得記取教訓。」

紅子皺起眉頭，幾隻招財貓慌慌張張的跑了過來。

「嗚喵啊啊啊啊！」

「喵喵喵喵！」

「什麼？」

紅子臉色大變。

「砂糖和麵粉都被加了惡意精華？這、這是真的嗎？」

紅子咬著指甲，覺得事情很不妙。

「原來如此，原來是這麼一回事。沒想到她會把黑色招財貓送來這裡，對我家的零食動手腳。竟然做這麼惡劣的勾當……」

「嗚喵？」

「不，之後再來追究她妨礙我做生意這件事。首先，必須回收被加了惡意精華的商品，應該已經有商品像『想要地瓜乾』和『不哭派』一樣流入市面了……之後要好好找她算帳。」

紅子露出了淡淡的笑容，那個笑容有點可怕，讓人感到不寒而慄。

「工房的事就交給你們了，要澈底調查，把遭到污染的東西全都找出來。啊，把這兩隻黑色招財貓帶去後面，我晚一點要好好盤問牠們。」

「嗚喵。」

「我要去找流入市面的商品……對了，前幾天賣出去的『面具菠蘿麵包』似乎也有問題，必須趕快去確認才行。這段時間……沒辦法，就讓墨丸看店吧。墨丸？你在哪裡？出來一下。」

紅子叫著墨丸的名字，快步走出工房。

5 面具菠蘿麵包

「我兒子是全世界最可愛的孩子。」

綾子向來都這麼認為。

沒錯，綾子的兒子蘭丸長得非常可愛，五官端正，笑容也很可愛，一頭天生的捲髮，在嬰兒時期簡直就像是天使。

蘭丸出生時，綾子第一眼看到他就知道，這孩子以後會成為明星。當初會為他取「蘭丸」這個名字，也是希望他「像蘭花一樣華

麗輝煌」。

於是，蘭丸還不到一歲時，綾子就帶著他四處參加試鏡。第一次通過試鏡入選的是尿布廣告，綾子看到蘭丸的笑容出現在全國電視上，簡直欣喜若狂。

之後，她就完全陷下去了。為了讓蘭丸成為明星，她開始積極做各種準備工作，除了安排蘭丸上唱歌、跳舞的課程，還讓他接受表情訓練，學柔軟體操，連剪頭髮都必須請明星美髮師親自操刀。為了培養他的時尚品味，只讓他穿名牌兒童服裝。

蘭丸太可愛了，要讓他更加可愛才行。

「我不要！我不要上才藝課！我不想去參加甄選！」

即使蘭丸大聲哭鬧，綾子也總是痛斥說：「這是為你好！」

因為綾子的執著，蘭丸經常出現在各大雜誌上，有時候還會拍廣告或是上電視節目，「目前在日本活躍的六歲兒童」這個節目，也曾經介紹過蘭丸。

最近，蘭丸終於接到了電影的邀約，要演主角病弱的兒子，戲分很吃重。

蘭丸終於要出名了，綾子為這件事喜極而泣。

沒想到事情遇到了瓶頸。蘭丸在這部電影中出現的場面，不是悲傷的情境就是哭戲。蘭丸很會笑，但卻最不擅長露出悲傷的表情。蘭丸從一開始就挫折連連，導演不只一次對他說：「這樣不行，根本沒有進入角色。」

綾子在一旁看著，也忍不住提心吊膽。這麼難得的機會，蘭丸到底在幹什麼！回到家後，她忍不住訓斥蘭丸：

「蘭丸！你怎麼可以不聽導演的指導呢？趕快來練習，媽媽會在一旁看著，你從在床上哭的那一幕開始練！」

「但是……我好累。」

「你在說什麼啊！在你完成之前，我不會讓你睡覺！」

蘭丸的淚水在眼眶中打轉，丈夫力也平時很少發表意見，今天似乎也看不下去了，在一旁插嘴說：

「蘭丸說他很累了，今天就讓他先休息。他在外面壓力也很大，至少回到家的時候，讓他心情可以放輕鬆。」

「力也，怎麼連你也和我作對！」

綾子立刻反駁丈夫。

「你這麼寵著他，他永遠都無法成為一流的人。蘭丸，趕快來練習！」

綾子很著急，如果蘭丸的演技無法進步，到時候可能會被換角。一旦發生這種狀況，就會被貼上「那孩子是曾經被換角的不合格童星」的標籤。

但是不管綾子再怎麼努力教，蘭丸的演技還是無法進步。

「我不知道怎麼演！我不知道啦！」

最後蘭丸發脾氣哭了起來。遇到這種情況，就只能先安撫他，等一下再要求他練習。

「好吧，那就先休息一下。媽媽去幫你買冰淇淋；力也，你幫忙照顧一下蘭丸。」

「沒問題……你聽我說，蘭丸真的很可憐。」

「有什麼好可憐！你現在不要說這種話，我也很累！」

綾子氣鼓鼓的衝出家門，走向附近的便利商店。她心浮氣躁，越想越氣。

「什麼嘛，只有我一個人這麼辛苦，力也完全都不幫忙，還把我當成是壞人。蘭丸也太不爭氣了，只要努力練習一定可以做到的。想在日本闖出名堂……不，想要站上世界的舞臺，目前正是關鍵時期，他為什麼就是搞不懂呢？」

不知道是不是因為太過生氣，她發現自己竟然走進了一條陌生的巷子。

「怎麼會這樣？我走錯路了嗎？」

綾子東張西望，發現巷子深處有一家店，而且竟然是柑仔店。

綾子皺起眉頭，想著不能讓可愛的蘭丸吃柑仔店那些看起來髒髒的零食。

她當然試圖無視那家柑仔店，但不知道為什麼，兩隻腳卻一直走向那個方向，好像有一股無形的力量把她拉過去。

當她站在店門口時，她發現這家店的零食真的很稀奇，而且也很吸引人，讓她覺得今天在柑仔店買些零食給蘭丸也無妨。

她在打量那些零食時倒吸了一口氣，因為有一款零食吸引了她的目光。

那個零食放在「我想結婚！結婚玉米！」和「彩虹麥芽糖」之間，看起來像是甜麵包裝在塑膠袋裡，袋子上畫了三個綠色的面具，分別是笑臉、哭臉和生氣的表情，用同樣是綠色的字寫著「面具菠蘿麵包」。

不知道為什麼，綾子強烈的想要買這款「面具菠蘿麵包」。

「你似乎找到了想要的商品？」這時，綾子聽到了一個聲音。

抬頭一看，一個身穿和服的高大女人站在眼前，滿臉笑容的看著她。

「我是『錢天堂』的老闆娘紅子，歡迎光臨，幸運的客人。」

老闆娘的頭髮像雪一樣白，擦著紅色的口紅，皮膚很有光澤。

這家柑仔店的老闆娘氣場很強大，簡直就像是大明星。

綾子忍不住有點畏縮，但隨即感到很生氣。

綾子心想：「這個大嬸是怎麼回事？明明是普通老百姓，卻自以為很了不起似的。」

她露出不悅的表情，老闆娘卻笑著對她說：

「你中意這款『面具菠蘿麵包』嗎？」

除皺酸梅
我們結婚！
婚玉米
天錢堂

「沒有啊……只是覺得很好玩，所以隨便看一下而已。」

綾子其實想要得不得了，但故意表現出不屑的態度。

「如果用零食當獎勵，我兒子應該會更賣力、更專心的發揮演技。喔，我兒子是童星，他叫明石蘭丸，目前正在拍電影。」

「是嗎？那真是太好了。」

老闆娘面不改色的說，簡直就像在閒聊天氣一樣，輕描淡寫的帶過。

綾子更加生氣了，心想：

「這種時候應該說『好厲害！可以請他幫我簽名嗎？』才對，為

什麼這個老闆娘完全沒有興奮的樣子？我可是『星媽』耶！算了，我才不需要這麼沒禮貌的柑仔店賣的零食。」

但是，當綾子準備轉身離開時，老闆娘用嬌滴滴的聲音小聲對她說：

「既然令公子是演員，這款『面具菠蘿麵包』就太適合他了，我要大力向你推薦。只要吃了這款麵包，就可以像換面具一樣自由自在的做出各種表情。」

「這根本是鬼扯。」綾子心想，怎麼可能有這種事？但是她又覺得老闆娘的話深深打動了她的心，她的視線已經無法離開「面具菠蘿麵包」了。

要買下來，要為蘭丸買這款麵包才行。綾子心裡盤算著。

「那我就買『面具菠蘿麵包』。」

「非買不可啊，價格是一元。」

「不會吧！這也太便宜了……裡面該不會加了什麼亂七八糟的東西吧？」

綾子忍不住懷疑，老闆娘立刻收起了臉上的笑容。

「本店在口味、材料和品質上都細心把關，如果你有所懷疑，可以不必購買，這也是你的選擇。」

「幹、幹麼這樣？哎喲，你別當真嘛，我只是問問而已。」

綾子被老闆娘的氣勢嚇到，但還是拿出一元硬幣交給她，老闆娘才再度露出了笑容。

「沒錯，這是今天的寶物，昭和四十一年的一元硬幣。謝謝惠顧。」

於是，綾子順利買了「面具菠蘿麵包」。

「唉，沒想到最後竟然買了柑仔店的零食，如果裡面加了奇怪的添加物就慘了，而且也不知道到底好不好吃，我是不是應該先試試味道？但我目前正在減肥，吃甜麵包會發胖。」

雖然綾子很傷腦筋，但最後還是決定把「面具菠蘿麵包」帶回家。

「沒關係，蘭丸很愛吃菠蘿麵包，如果能讓他心情變好、重新振作起來，這點小問題就不必太計較了。而且……我覺得這個菠蘿麵包有點神奇，搞不好真的像那個老闆娘說的……不，這怎麼可能，當然不可能會有這種事。」

綾子一路上想著這些事，就這樣回到了家。

蘭丸還在生氣，他緊緊抱著力也，根本沒看綾子一眼，綾子忍不住生起氣來，但還是努力克制，故意用溫柔的聲音說：

「蘭丸，媽媽回來了。你看，媽媽買了菠蘿麵包，你不是最喜歡菠蘿麵包嗎？你吃了菠蘿麵包，等一下再來練習，好不好？」

「不要……我不想再練了。」

「別這麼說嘛，蘭丸，媽媽最喜歡看你努力的樣子。來，先來吃菠蘿麵包，先吃吧。」

「綾子，不要勉強……」

「力也，你閉嘴！蘭丸，趕快吃吧。」

綾子硬是把「面具菠蘿麵包」塞到蘭丸手上，蘭丸勉為其難的撕開塑膠袋，把裡面的麵包拿了出來。

蘭丸拿出一個又大又圓的菠蘿麵包。

「啊，是臉。」

蘭丸說得沒錯，菠蘿麵包上有一張臉。在白色的砂糖糖衣上，用巧克力豆畫了眼睛和鼻子，不可思議的是，麵包上的表情不斷改變，從上方看是笑臉，從正面看是生氣的表情，從下面看卻是悲傷的模樣。

「怎麼會這樣？感覺好好玩。」

蘭丸自言自語，咬了一小口菠蘿麵包。

一口、兩口……

蘭丸微微皺起眉頭，力也立刻問他：

「怎麼了？不好吃嗎？」

「不，很好吃，我第一次吃到這麼好吃的菠蘿麵包，但是……有點怪怪的。」

「怪怪的？」

「嗯，喉嚨有點卡卡的感覺。」

「卡卡的感覺……綾子，這不是什麼來路不明的食物吧？」

力也擔心的問，綾子瞪著他說：

「你別胡說八道，我怎麼可能讓蘭丸吃來路不明的東西？」

綾子在反駁力也時內心有點不安，於是拿起「面具菠蘿麵包」的包裝袋，想了解一下使用了哪些材料。

包裝袋上沒有寫成分，但寫了這樣的說明：

如果你想露出可怕的表情，如果你對自己的笑容缺乏自信，如果你很難過卻無法坦率的表現出來，向你推薦這款「面具菠蘿麵包」。它能讓你自由自在的變化各種不同表情，尤其推薦給演員使用。

說明所寫的內容，和柑仔店老闆娘說的話幾乎沒什麼兩樣。

也許真的有效。

綾子內心充滿期待，用溫柔的聲音對蘭丸說：

「蘭丸，你吃完麵包心情是不是變好了？我們差不多該來練習演戲了。你試試悲傷的表情，就是很難過的時候會有的表情。」

「嗯……像這樣嗎？」

蘭丸說完，露出了極其悲傷的表情，那個表情真的很悲傷，看到他的表情，讓人忍不住也跟著悲傷起來。

蘭丸突如其來的變化，讓綾子和力也目瞪口呆，但綾子立刻回過神，拍著手說：

「好厲害！蘭丸，你太厲害了，這個表情很棒！你明天拍戲時，也要用這個表情。」

「綾子，這不是很怪嗎？蘭丸怎麼突然會做這種表情了，這實在太奇怪了。」

「你在說什麼啊，這樣很好啊。蘭丸，沒錯，就是這樣的表情，你不要忘記了。」

綾子忍不住竊笑。那個挑剔的導演，看到蘭丸的表情一定會說：「沒問題！」她很期待明天的拍攝。

隔天拍戲非常順利，導演看到蘭丸極度悲傷的表情，興奮的說：「這就是我要的！」然後拿起攝影機拍了起來。

之後的拍攝也一帆風順，蘭丸沒有出任何差錯，就完成了所有的拍攝工作。

電影上映後票房也不錯，尤其是蘭丸，得到了各方的大力稱讚——「難以想像是小孩子的演技」，很多雜誌、電視節目都爭相採訪蘭丸，綾子笑得合不攏嘴。

「真不愧是我的蘭丸！但他還要更紅，以後要更出名！」

然而，綾子的高興並沒有持續太久。

不久之後，丈夫力也一臉凝重的對她說：

「綾子，我們帶蘭丸去醫院，我認為最好讓他接受心理諮商。」

「啊？你怎麼突然這麼說？」

綾子瞪大了眼睛，力也目不轉睛的看著她說：

「你果然沒有發現。」

「發、發現什麼？」

「蘭丸啊！你看看那孩子，他已經完全沒有笑容了！」

綾子忍不住倒吸了一口氣，聽到丈夫這麼說，她才發現的確是這樣。無論是接受採訪，或是在電視上，甚至在家裡的時候，蘭丸總是愁眉苦臉，一臉憂鬱的表情。

「這、這是因為……他太入戲的關係，優秀的演員不是常常會無

法抽離角色嗎？」

「不是！是你對他太嚴格，所以他忘記怎麼笑了！」

「你又來了，又說這種話。你擔心過頭了，蘭丸、蘭丸，你過來一下，開心的笑一個給爸爸看。」

原本在房間另一個角落玩的蘭丸，聽到綾子的叫聲走了過來，他看著力也笑了笑，但寂寞的笑容讓綾子的心往下一沉。

「不、不是這樣吧？媽媽是叫你開心的笑。」

「我就是在開心的笑啊。」

「……」

力也狠狠瞪著說不出話的綾子。

「你看，你說是為了他好，結果卻奪走了他的笑容和開朗。不過我也有責任，我錯了，不該讓你為所欲為。」

「怎、怎麼會這樣……蘭丸，拜託你笑一笑，讓媽媽看看最愛的燦爛笑容！」

「我不是說了嗎？我笑了啊，媽媽，你在說什麼啊！」

綾子面對力也責備的眼神和蘭丸悲傷的表情，頓時一句話也說不出來。

然後，她開始放聲大哭。

「以後再也看不到蘭丸陽光燦爛的笑容了嗎？不！我才不要！到底是哪裡出了問題？是『面具菠蘿麵包』的問題嗎？不，不可能，因為它不是可以讓人隨心所欲做出自己想要的表情嗎？既然這樣，為什麼蘭丸只會做悲傷的表情呢？我搞不懂，誰來救救我！現在趕快來救我！」

「打擾了。」

房間內突然響起一個女人的聲音。

回頭一看，一個高大的女人站在那裡，她穿了一件古錢幣圖案的紫紅色和服，白髮上插了很多髮簪，就是賣「面具菠蘿麵包」給

綾子的柑仔店老闆娘。

綾子驚訝得張著嘴說不出話，力也向前一步，似乎想要保護綾子和蘭丸。

「你、你是誰？請不要隨便闖進別人家裡。」

「請你鎮定一下，我並不是壞人，我是『錢天堂』柑仔店的老闆娘紅子。之前你太太買了本店的零食，我想來確認一下。」

「確認一下？」

「對。」

老闆娘點了點頭，然後直視蘭丸，接著忍不住嘆了一口氣。

「這下慘了，果然被加了惡意精華，變成了『嘆氣面具菠蘿麵包』的效果。原本還希望是我多慮了……總之，真的很對不起，因為本店的零食造成了你們的困擾。」

老闆娘說完，向他們深深的一鞠躬。

綾子回過神，頓時火冒三丈的質問老闆娘：

「所以果然是『面具菠蘿麵包』造成的嗎？都、都怪你，全都是你害的，竟然敢賣那種亂七八糟的東西給我！竟然讓我兒子變成這樣，開什麼玩笑！」

「請你先別激動。」

「你叫我別激動？開什麼玩笑！你奪走了我兒子的笑容！即使你鞠躬道歉，我也不會原諒你！」

「是，我並不奢望得到你的原諒，所以我帶了新的零食來登門道歉。」

聽到老闆娘的話，綾子倒吸了一口氣。

「該、該不會有東西可以消除那個菠蘿麵包的效果吧？你帶來了嗎？」

「不，不是你想的那樣。」

老闆娘露出了無敵的笑容。

「我可以分文不取，再次提供你想要的商品。不，你不必客氣，無論有任何理由，這次的事是本店的疏失，所以不知道你是否願意接受這個商品？」

老闆娘一說完，就像變魔術一樣拿出了一個黑色小碗，小碗裡裝著半透明的果凍，上面加了滿滿的黑糖漿和黃豆粉。

果凍看起來很好吃，而且似乎擁有特別強大的能量。綾子忍不住吞著口水。

老闆娘用嬌滴滴的聲音小聲對她說：

「這是『演什麼像什麼葛切涼粉』，和『面具菠蘿麵包』一樣，都是值得向演員推薦的商品。你放心，我已經確認過了，絕對不會再發生奇怪的問題。」

「這、這到底是什麼？」

「你聽我說，『面具菠蘿麵包』只能改變表情，但『演什麼像什麼葛切涼粉』可以讓演員完全變成那個角色。只要吃了它，絕對會被稱為天才演員。」

「既然這樣，你一開始就應該推薦這項商品！」

綾子在抱怨的同時，把手伸向「演什麼像什麼葛切涼粉」。

就在這時——

「綾子！」

力也大聲喝斥，綾子忍不住抖了一下。

轉頭一看，她發現力也露出了從來沒有見過的可怕表情。

「力、力也，你幹麼？」

「你夠了沒有？你還想讓蘭丸吃這種奇奇怪怪的東西嗎？」

「但、但是她說這次絕對沒問題，只要吃了這個，蘭丸就能重拾笑容。老闆娘，你說對不對？」

「沒錯，我可以保證。」

「你看，蘭丸可以成為天才演員，怎麼可以錯過這個大好機會？

你不希望蘭丸出名嗎？」

力也露出輕蔑的眼神看著綾子，似乎感到很無奈。

「原來是這麼一回事。你每次都這樣，嘴巴上說是為了蘭丸，但最後只想到自己。」

「喂！你別胡說八道。」

「你說的話才是胡言亂語！當名人並不是蘭丸的夢想，而是你的夢想。把這種願望強加在兒子身上，難道你不覺得羞愧嗎？」

「……」

「蘭丸不是你的玩具，如果真的是他自己說想當演員，到時候我們再全力支持他，這樣不是很好嗎？」

綾子看向蘭丸，他緊緊抱著力也，一臉悲傷的看著自己，淚水在眼眶中打轉。

蘭丸不是因為「面具菠蘿麵包」的關係，才露出悲傷的表情，而是真的感到悲傷，因為綾子這個媽媽做了蠢事。

綾子好像如夢初醒般突然回過了神，同時覺得羞愧不已。自己竟然為了私慾，造成兒子莫大的痛苦，簡直太過分了。

啊，真希望一切可以重來，希望可以找回蘭丸可愛的笑容。

正當綾子這麼想的時候，柑仔店的老闆娘開了口。

「哎呀，你似乎有了新的願望……好的、好的，沒問題，我就猜到會有這種情況，所以也帶來了。」

老闆娘說完，遞給綾子一個鼓鼓的白色小袋子，裡面不知道裝了什麼東西，可以摸到突出的顆粒。

「這是『誠實肉桂糖』。」

「『誠實肉桂糖』？」

「對，是可以對自己誠實的糖果。開心的時候就笑，難過的時候就哭，這就是誠實。」

綾子忍不住猶豫起來，她很想要「誠實肉桂糖」，但力也呢？

他會不會又生氣，說不要讓蘭丸吃奇怪的東西？

她戰戰兢兢的轉過頭，發現力也沒有生氣，而且他雙眼發亮，注視著「誠實肉桂糖」。

「力也……？」

「真奇怪，我剛才還覺得不要再看到這種奇奇怪怪的東西了……但現在卻覺得這個零食很不錯。這個……蘭丸可能真的很需要。」

「所以……我可以收下這個嗎？」

「嗯，當然可以。」

綾子聽了力也的話，內心再度動搖起來。既然「誠實肉桂糖」

沒問題，自己選「演什麼像什麼葛切涼粉」應該也沒關係。從長遠的角度來看，選飾演任何角色都可以融入其中的零食絕對更划算。

老闆娘似乎看透了綾子的心思，她右手拿著「演什麼像什麼葛切涼粉」，左手拿著「誠實肉桂糖」，正在等待綾子做出選擇。

正當綾子猶豫不決的時候，力也再度用嚴厲的聲音說：

「綾子，你在幹什麼？我把話說在前頭，如果你選擇『演什麼像什麼葛切涼粉』，我就會帶著蘭丸離開你，無論發生任何事，我都絕對不會把蘭丸交給你。」

綾子嚇了一跳，心想：

「不要，我不要和力也分開，也不要蘭丸離開我。我必須趕快選擇，真的要做出決定了。」

綾子終於下定了決心。

「我要『誠實肉桂糖』。」

「好的，沒問題。」

老闆娘把「誠實肉桂糖」的袋子交給綾子。小袋子很沉，綾子覺得自己快哭了，是不是應該選「演什麼像什麼葛切涼粉」呢？

這時，蘭丸走了過來。

「媽媽，我想吃這個。」

「是、是嗎？」

「嗯，我很想吃。」

「好……」

綾子為蘭丸打開袋子，裡面裝了很多紅豆般大小的白色糖果，肉桂帶著甜甜的香氣撲鼻而來。

蘭丸立刻吃了起來。他拿起糖果，一顆又一顆的放進嘴裡咀嚼，他的表情漸漸開心起來，越來越像是小孩子應有的模樣。

「太好了！」力也哭了出來，綾子也因為鬆了一口氣而雙腿發軟。蘭丸的笑容果然是最棒的。

他們一家三口緊緊的抱在一起。

這時，綾子聽到柑仔店老闆娘小聲嘀咕的聲音。

「哎呀呀，這件事終於搞定了，不知道還有多少商品被偷加了惡意精華？啊，對了對了，剛才收到留言，說是還在開發的蘋果也不見了，我得去找出蘋果的下落。唉，真是忙死我了，忙死我了。」

老闆娘的聲音越來越小，漸漸遠去。

綾子猛然抬起頭時，老闆娘已經消失無蹤，讓人誤以為剛才的一切都是在做夢。

但是蘭丸的臉上帶著笑容。找回笑容的蘭丸太可愛了，綾子簡直快被他融化了。

啊，這個選擇沒錯，選擇「誠實肉桂糖」是正確的決定。

「而且……」

綾子忍不住這麼想。

「整天都是悲傷的表情會讓人看膩，現在恢復了原狀，蘭丸就可以挑戰各種不同的角色。雖然力也要我別把自己的夢想強加在蘭丸身上，但我覺得蘭丸應該要在演藝界發展。」

綾子下定決心，以後也要繼續努力。

這場風波結束後，過了幾天，蘭丸又接到了新的工作，這次是在電視劇中演一個積極開朗的男生。

綾子信心滿滿的帶蘭丸去攝影棚。

沒想到拍攝的情況糟透了，蘭丸完全無法發揮演技，該笑的時候笑不出來，該哭的時候也哭不出來。

蘭丸從頭到尾都露出一臉無趣的表情，綾子忍不住對他發脾氣。

「為什麼？你為什麼不好好演？」

「因為很無聊啊，明明很無聊，我怎麼可能笑得出來、哭得出來呢？」

「但你以前不是可以做到嗎？」

「嗯，以前可以，但是現在沒辦法。」

「為……」

這時，綾子突然臉色蒼白。

所謂的演技就是要融入角色，自在的表達角色的臺詞和表情。但是蘭丸之前吃了「誠實肉桂糖」，他吃了對自己坦誠的糖果。

「所以……你無法再發揮演技了嗎？」

這樣不是沒辦法當演員了嗎？怎麼會這樣？綾子忍不住抱住自己的頭。

果然選錯了——不管力也當時說什麼，都應該選「演什麼像什麼葛切涼粉」才對。

最後，蘭丸因為沒辦法演戲而遭到換角，其他的工作也越來越少，綾子只能拚命尋找「錢天堂」柑仔店。

「老天爺，求求你再給我一次機會！讓我再去那家柑仔店！讓我再見到那個高大的老闆娘，讓我買『演什麼像什麼葛切涼粉』！」

她每天在街頭奔跑，走進所有的小巷尋找，幾乎快把腿都跑斷了。

但是，她仍然沒有找到錢天堂，而白髮老闆娘也沒有再出現在

她面前。

明石綾子，三十三歲的女人。昭和四十一年的一元硬幣。

6 雙語女孩

六歲的了耶有一個煩惱，他不知道如何才能和同一個幼兒園的女生成為好朋友。

那個女生叫美娜，眼睛和皮膚都是漂亮的褐色，有一頭烏溜溜的捲髮，睫毛很長，臉蛋也長得很可愛，上電視完全沒問題。她因為爸爸工作的關係，所以才會從巴西來日本。

了耶第一次見到美娜就很想和她當朋友，只不過有一個問題，

那就是美娜完全不會說日語，只會說葡萄牙語，了耶不知道該怎麼和她當朋友。

美娜似乎也很不安，總是哭喪著臉。了耶覺得她太可憐了，真希望自己能夠聽懂美娜說的話，這樣就可以一起玩，也可以保護她，更可以把老師說的話告訴美娜，這樣她就不會哭了。

要想想辦法，想辦法讓美娜露出笑容。

要不要送什麼零食給美娜吃？了耶想到這個方法。即使語言不通，只要收到禮物，美娜或許就會露出笑容。

於是，了耶在幼兒園放學後，把存在撲滿裡的零用錢全都拿了出來，走去超市。他當然沒有告訴媽媽，因為絕對不能讓媽媽知道自己要買零食給女生。

買什麼零食好呢？最好是巴西的零食，但在日本可能買不到。了耶一路想著這些事，突然聽到好像有人在叫自己。

他驚訝的轉頭一看，發現旁邊有一條小巷子，那是他以前從來沒有走過的路。了耶一看到巷子就知道自己必須走進去才行。

他立刻轉進巷子，朝前方邁開了步伐。

這條巷子很窄、很暗，越往裡面走越安靜，但是他完全沒有害怕的感覺，反而既興奮又期待，覺得好像會有什麼開心的事發生。

了耶的直覺果然沒錯。

巷子底有一家柑仔店，雖然店面看起來很老舊，但店裡的零食和玩具都很稀奇。

也許可以在這裡找到美娜喜歡的零食。

了耶開心的快步走進店裡，沒想到店裡靜悄悄的沒有半個人，連一點動靜也沒有。

後方的櫃檯上，放了一個大約二十公分高的娃娃，這個穿著紫紅色和服的阿姨娃娃，在白色的頭髮上插了很多玻璃珠髮簪。

「這是什麼？好奇怪。」

「娃娃通常不都是可愛的女生嗎？」了耶忍不住感到納悶，走到娃娃面前。

這時，娃娃開口說話了。

「歡迎光臨『錢天堂』。」

「嗚哇！」

娃娃突然開口說話，讓了耶嚇得腿軟，一屁股跌坐在地上。娃娃繼續對他說：

「真不湊巧，老闆娘紅子今天外出，所以由墨丸看店，看到想要的商品，請交給墨丸結帳。」

娃娃說完便安靜下來。

了耶戰戰兢兢的站起來，用手指戳了一下娃娃，但是什麼事也沒發生。可能是只要有人走進店裡，娃娃就會一口氣說出剛才那些話吧。

「可能是像答錄機那樣的東西……不過墨丸是誰？」

「喵嗚。」

「嗚哇！」

一隻貓不知道從哪裡走了出來，了耶又嚇得坐在地上。那是一隻很大的貓，比了耶鄰居家養的那隻虎雄還要大一圈。牠身上的黑毛很有光澤，像墨汁一樣漆黑。

黑貓慢條斯理的跳到櫃檯上，一雙藍色的眼睛注視著了耶。

「墨丸……是貓？貓在顧店？」

了耶大吃一驚，黑貓對著他「喵嗚」了一聲，簡直就像在問他：「你想買什麼？」

奇怪的是，了耶很想向這隻黑貓傾訴自己的煩惱。了耶看著牠那雙聰明的藍眼睛，把美娜的事全告訴了牠。

「反正就是我覺得美娜很可憐，每天都哭喪著臉，沒有人去跟她玩。這也不能怪她，如果我去一個完全聽不懂別人在說什麼的地

倒垃圾
3
妖
豐滿

方，也會覺得很害怕、很寂寞……我想和美娜當朋友，想和她一起玩，告訴她很多好玩的事，但是現在沒辦法。你說我該怎麼辦？」

黑貓想了一下，突然跑向放在角落的紙箱，靈活的打開紙箱後，把前腳伸進裡頭窸窸窣窣的翻了起來，然後不知道叼著什麼東西，回到了耶的面前。

「嗚喵！」

黑貓發出得意的叫聲，把拿來的商品放在櫃檯上。

「娃娃？」

那個布娃娃差不多跟了耶的手掌一樣大，頭髮是橘色的毛線做

成，穿著水藍色的裙子，所以應該是女生。娃娃背後有一個別針，可以像徽章一樣別在衣服上。別針上綁著一張很大的卡片，卡片上寫了滿滿的字。

了耶第一眼看到這個娃娃的時候，就忍不住為它著迷。「我想要，我非常想要！」

了耶看著娃娃，並問黑貓：

「這個要多少錢？我只有這些錢，夠嗎？」

了耶遞上握在手中的零錢，黑貓從裡面叼了一枚五元硬幣，這個娃娃似乎只要五元。

「那我就把這個帶回去囉？這樣可以吧？」

「喵嗚。」

「謝謝！」

了耶緊緊抱著娃娃，衝出了柑仔店。

回家的路上，他也興奮得小鹿亂撞。

「太棒了，我買了很棒的東西。如果送給美娜，她一定會很高興。」

了耶走在路上時，忍不住一次又一次的看著手上的娃娃。看著看著，他突然很想知道掛在娃娃上的卡片到底寫了什麼。卡片上面有很多小字，但是了耶還沒學會認字，上面到底寫了什麼呢？

他一回到家，立刻把娃娃上頭的卡片拆下來，拿去給媽媽看。

「媽媽，這上面寫什麼？」

「嗯？這是什麼？你怎麼會有這個？」

「你別問這麼多嘛，趕快唸給我聽、唸給我聽嘛。」

「好啦，你不要催我。嗯，我來看看。」

媽媽開始讀卡片上的字。

「雖然想和不同國家的人聊天，但是學外語很麻煩。如果你也有這樣的煩惱，就讓『雙語女孩』來救你！使用方法很簡單，只要把

『雙語女孩』別在衣服上，或是放在口袋裡，這麼一個簡單的動作，就可以讓你輕鬆和外國人交談。『雙語女孩』衝衝衝！」

媽媽唸完之後，偏著頭納悶：

「這是什麼？上面寫的都是一些異想天開的內容。了耶，這張卡片是哪來的？」

「嗯……就、就是在路上撿到的。」

「哎喲，這怎麼行！你不可以隨便亂撿東西，萬一上面有細菌怎麼辦？」

媽媽皺著眉頭，把卡片丟進了垃圾桶。但是了耶並不在意，因為他已經知道所有想知道的事了。

了耶急忙回到自己的房間，從口袋裡拿出娃娃。

原來這個娃娃叫「雙語女孩」，只要有這個娃娃，就可以和外國人說話，所以只要把這個娃娃送給美娜，她就可以聽懂日語，也可以在幼兒園玩得很開心。明天一去幼兒園，就要馬上送給她。

了耶興奮的把「雙語女孩」放進幼兒園的書包。

隔天，了耶到幼兒園後把娃娃放進口袋，開始尋找美娜的身影。

美娜應該已經來了，但是了耶遲遲找不到她，於是在走廊上跑了起來，沒想到卻撞到了剛好從廁所走出來的人。

「啊，對不起。」

了耶立刻開口道歉，然後嚇了一大跳。因為他撞到的不是別人，正是他在找的美娜。

美娜露出比了耶更驚訝的表情，一雙大眼睛瞪得更大了。了耶很擔心自己是不是撞痛了她，沒想到美娜卻開口問：

「你會說葡萄牙語？」

了耶再度感到驚訝。聽懂了，他剛才聽懂了美娜說的話，而且美娜似乎也以為了耶說的是葡萄牙語，但他剛才其實是用日語道歉。

了耶想要確認，於是就對美娜說：

「嗯、嗯，我叫了耶。呃……你聽得懂我說的話嗎？」

「聽得懂！因為你說的是葡萄牙語！啊，太好了！原來有人會說葡萄牙語。」

美娜露出鬆了一口氣的表情，看了她的表情，了耶也覺得很高興。

「好厲害！『雙語女孩』太厲害了！好，現在已經知道效果了，那就趕快把它送給美娜吧。」了耶心想。

但是，當他把手伸進口袋時，突然想到一件事。

了耶直到剛剛，都打算把「雙語女孩」送給美娜，因為他覺得美娜有了「雙語女孩」，就可以聽懂日語，也可以和大家當朋友。

但是，如果了耶把「雙語女孩」留下來呢？如果只有了耶能夠聽懂美娜說的話，那美娜一定會經常向了耶求助，這樣不是比美娜能夠聽懂其他同學說話好多了？

這麼一想，了耶就很想把「雙語女孩」留給自己，因為他覺得這樣比較好，他希望美娜只和自己當好朋友。

「就這麼決定了！」

了耶把雙語女孩娃娃塞進口袋深處，然後向美娜伸出手。

「以後我會把你的話翻譯給大家聽，也會把老師說的話告訴你，你不用擔心。」

「了耶謝謝，謝謝你。」

美娜握著了耶的手笑了起來。了耶第一次看到美娜可愛的笑臉，覺得自己的心都快要融化了。

從剛才就一直看著他們的幾個女生，在這時走了過來。

「了耶，你在和美娜說話嗎？」

「你聽得懂她說什麼嗎？」

「聽得懂啊，如果你們想對美娜說什麼，可以告訴我，我也會把

春天遠足去

美娜說的話告訴你們。」

「啊？真的嗎？」

「你好厲害！」

那幾個女生個個眼睛發亮，了耶也很得意。

這時，美娜輕輕拉了拉他的衣服。

「了耶……她們說什麼？」

「不用擔心，她們只是想和你聊天。美娜，你也想和她們聊天吧？」

「嗯，我想。」

「了耶，你問問美娜！問她喜歡什麼顏色？」

「還有她喜歡什麼動物？」

「她有沒有兄弟姊妹？」

「你們不要一口氣問這麼多問題，我一個一個問她。嗯，首先從顏色開始。」

了耶轉頭看著美娜問：

「美娜，她們想知道你喜歡什麼顏色。」

「顏色？嗯……我喜歡藍色和粉紅色。」

「她說她喜歡藍色和粉紅色。」

「哇，和我一樣！我也最喜歡藍色和粉紅色！」

「美娜，她喜歡的顏色和你一樣。」

「是嗎？真開心。」

「美娜說她很開心。」

那天之後，了耶成為美娜的翻譯。他把大家說的話翻譯給美娜聽，再向大家轉述美娜說的話，這一點都難不倒他，只要每天早上記得把「雙語女孩」放進口袋就好。

美娜很快就融入了幼兒園的生活，現在她每天來幼兒園時都帶著笑容，在幼兒園的朋友也越來越多，但了耶還是她最特別的朋友。

「了耶，如果沒有你，我就沒辦法和大家當朋友，真的幸好有你。」美娜這麼對了耶說。

美娜的美女媽媽也很感謝了耶，聽到她媽媽說：「謝謝你和我家美娜當朋友。」了耶高興得不得了。

接下來的日子每天都很開心，老師也經常找了耶幫忙，大家都稱讚他「你好厲害，竟然會說葡萄牙語」，了耶聽了很得意，他也覺得自己能說流利的外語太酷了。

有一天，美娜對他說：

「媽媽叫我學日語，了耶，你可以教我嗎？」

「可以啊。」

了耶二話不說就答應了。他們一起看繪本時，了耶就教她「這個在日語中叫蘋果」、「這個是猴子」，帶她認識很多單字，還教她「我們一起玩」、「我想去尿尿」這些常用的話。美娜也學得很快，所以一下子就學會很多日語。

有一天，了耶和美娜像平時一樣正在看繪本，同班的翠莉來叫她。

「美娜，要不要一起玩？我們去那裡畫畫。」

「好啊。」

「那我在那裡等你，你快點來。」

「嗯，好。」

了耶驚訝的看著美娜。

「美娜，你剛才……」

「了耶，你有沒有看到？沒有你，我也可以和別人聊天了！是不是很厲害？」

「嗯……」

「了耶，你怎麼了？」

「沒事！」

了耶很凶的回答她後，把頭轉到一旁。

了耶越來越不是滋味，美娜以前只有了耶一個朋友，但現在突然不一樣了，他感到很不安。

美娜不知所措的看著了耶，然後就去找翠莉玩了。

了耶越想越生氣，眼淚在眼眶中打轉。

「美娜太可惡了，稍微會幾句日語就這樣！竟然丟下我去和翠莉玩，太過分了！」

了耶實在太生氣了，就從教室跑去操場。

「我不想再理她了！我再也不說葡萄牙語了！如果我不說葡萄牙

語，美娜一定會很傷腦筋！沒錯，就讓她傷腦筋！」

了耶這麼想著，生氣的從口袋裡拿出「雙語女孩」，他對美娜很生氣，覺得這個雙語女孩娃娃也變得很討厭。

「我才不要這種東西！」

了耶把雙語女孩娃娃用力丟向操場角落的樹上，但是他太生氣了，所以沒有丟準，娃娃沒丟到樹上，反而飛出了幼兒園的圍籬。

「慘了！」

了耶終於回過神。如果沒有雙語女孩娃娃，就無法再和美娜說話了。

了耶臉色鐵青的跑到圍籬旁。

「雙語女孩」娃娃掉在地上，但了耶還來不及鬆一口氣，就看到一輛貨車駛了過來。

貨車的車輪在他眼前輾過了雙語女孩娃娃，娃娃彈了出去，掉進路旁的水溝裡。

「怎麼會這樣！」

了耶無力的癱坐在地上。

其實他只是有點嫉妒而已，並沒有不想說葡萄牙語。他以後仍想繼續和美娜聊天，但是自己竟然把「雙語女孩」丟掉了，簡直是個大傻瓜！

不過現在後悔也來不及了，了耶以前看過那條水溝，所以知道水溝很深。

「完了，『雙語女孩』沒了，以後再也無法和美娜成為特別的好朋友了。」

「嗚、嗚啊啊啊啊啊！」

了耶放聲大哭。他很難過、很懊惱，眼淚一直不停的流。

同學和老師看到了耶放聲大哭，都驚訝的跑過來問：「你怎麼了？」美娜也跑了過來。

「了耶！」

美娜用葡萄牙語對他說了很多話，但是了耶現在沒有「雙語女孩」娃娃，完全聽不懂她在說什麼。這件事讓他更加難過，眼淚不停的流，還拚命搖頭。

「我聽不懂！我、我現在聽不懂了！嗚嗚！嗚嗚嗚嗚嗚！」

美娜一臉擔心的看著泣不成聲的了耶，然後向他伸出手。她溫柔的撫摸了耶的頭，再次開口說：

「別擔心，了耶，別擔心。我喜歡你，我很喜歡你，你不要哭，你不可以哭。」

美娜說的是日語。

了耶看著美娜瞪大了眼睛。

「美娜的日語什麼時候變得這麼流利了？是因為我教她的嗎？不，應該不只是我的功勞，美娜在家裡一定也很努力學日語。」

了耶想著想著，覺得很慚愧。

和美娜相比，自己真是太沒出息了。但是……了耶不想要一直這麼沒出息。

了耶吸著鼻涕，總算不再哭了，他對美娜說：

「美娜，你可不可以教我葡萄牙語？」

「好啊。」

美娜開心的笑了，這是了耶看過最美的笑容。

板倉了耶，六歲的男生，平成四年的五元硬幣。

7 三隻手蘋果

超討厭。

最近，每次看到理惠，美咲都忍不住覺得真讓人嫉妒，又恨得牙癢癢，簡直快被她氣炸了。

美咲和理惠是同班同學，就讀高中二年級的她們從幼兒園就認識了，是從小一起長大的好朋友。

她們的個性完全相反，美咲從小個性開朗，有很多朋友，理惠

則是很不起眼，總是畏畏縮縮的。

但是美咲很喜歡理惠，最欣賞她身上完全沒有引人注目的優點。和理惠在一起的時候，不會有競爭意識，也不需要特別在意她，所以美咲平時很照顧理惠，有人欺負理惠她就會挺身而出。理惠也總是黏著美咲，經常找她幫忙。這是她們在半年前的相處模式。

「但是……為什麼變了呢！」美咲想。

沒錯，理惠變了。她現在很有自信、很開朗，有很多朋友，每天看起來都很開心。

最大的原因是「占卜」——理惠突然開始玩塔羅牌，而且算得很準，所以整個學校的人都知道了。現在有很多學妹來找她，叫她「理惠大師」。

美咲最受不了這一點，因為在美咲的心中，理惠就是一個「軟弱、畏畏縮縮、比自己不起眼」的人，但現在風頭全被她搶走了。

「討厭，好討厭大家都喜歡理惠，討厭大家都拜託她『幫我算一下！』然後她笑著答應的樣子。為什麼被大家捧在手心的是理惠，而不是我？」美咲氣得發抖。

理惠以前對美咲總是會察言觀色，但現在根本連看都不看一眼。

美咲越想越生氣。

她想要拆理惠的臺，想要讓她出糗，於是美咲不懷好意的走向理惠。理惠周圍有好幾個女生，美咲推開她們，一屁股坐在桌子上。

「理惠，你幫我算一下。我現在有一個煩惱，你用你擅長的塔羅牌幫我算一下，要怎樣才能解決我的煩惱。」

「等一下，不可以插隊！接下來輪到理惠大師幫我算了！」

「要排隊！」

「吵死了！就算是午休時間，一年級的人也不可以來二年級的教室！這裡不歡迎你們！」

美咲大聲斥責圍在理惠周圍的學妹，輕聲細語的央求理惠說：

「可以幫我算吧？我們是好朋友，對不對？拜託了，我很急，你就快速幫我算一下。」

「嗯，好吧。茂呂學妹，對不起，我等一下就幫你算。」

「既然理惠大師這麼說……那好吧。」

美咲推開嘟起嘴的一年級學妹，在理惠面前坐了下來。理惠快速洗牌之後，在桌上放了幾張牌。

「嗯……出現了有點特別的預告。」

「是嗎？」

「嗯，『今天放學後，在花開的地方，願望可以實現』——花開的地方應該是指公園，這附近不是有『花開公園』嗎？」

「但『願望可以實現』是什麼意思？那裡會有什麼嗎？」

「這我就不知道了，但好像有記號……黑色中有紅色的花，那就是記號。」

「是喔，黑色中有紅色的花。」

美咲忍不住在心裡嘲笑。

「果然是唬人的，但是太好玩了。既然這樣，那我就去『花開公園』找所謂的紅花，明天再大聲告訴她：『根本沒有什麼記號！你這個騙子！』讓大家都看不起她，也不再喜歡她。」

美咲在心裡這麼想著，露出了笑容。

「好，那我就去看看。謝謝你。」

放學後，美咲直奔花開公園。

「理惠這傢伙，明天就等著瞧吧，我要讓你在所有人面前出糗。

什麼黑色中的紅花？怎麼可能有這種東西？」

美咲癟著嘴在公園內東張西望，下一剎那，她驚訝得眼珠子都快掉下來了。

她看到一個女孩坐在不遠處的椅子上，那個女孩看起來七歲左右，穿了一件很短的和服。那件和服像黑夜一樣漆黑，上面有花卉的圖案，原來是鮮紅色的彼岸花。

「黑色中有紅花……」她當然想起了理惠的話。

但是……不，這不可能，那只是巧合而已。

美咲努力的告訴自己，然後目不轉睛的盯著那個女孩。雖然女孩的皮膚很白，長得很漂亮，但臉上卻露出了讓人不舒服的笑容。不，應該說是「可怕的笑容」。

在她們眼神交會的瞬間，美咲立刻覺得「完了！被她逮到了！」而且她也不知道為什麼自己會有這種想法。

那個女孩全身散發出異樣的氣場，向心生害怕的美咲招了招手。

「過來這裡，你不是有想要實現的願望嗎？」

女孩的聲音很沙啞，但說起話來卻讓人感到全身酥麻。

美咲無法抗拒，兩隻腳不由自主的走了過去。當她回過神時，發現自己已經來到那個女孩面前。

女孩露出陰險的笑容。

「更科美咲，你來了，很高興見到你。」

「你、你怎麼會知道我的名字？」

「我當然知道啊，你和瀧澤高中最有名的森元理惠，不是從小一起長大的朋友嗎？」

聽到女孩這麼說，美咲忍不住怒火沖天。

「理惠、理惠，又是理惠！我簡直變成了理惠的附屬品。」

看到美咲皺起眉頭，女孩小聲安撫她說：

「好了好了，你不需要這麼生氣，我會支持你。目前理惠這個小姑娘氣勢很旺，所以你覺得很不爽。嗯，我非常了解你的心情，但是你是不是很納悶，她為什麼突然變了？」

女孩對大吃一驚的美咲點了點頭說：

「這其中當然有玄機。她得到了一件小道具，所以才會變得與眾不同。」

「小道具？」

「沒錯，那件小道具叫『巫女罐』，只要有那個小道具，就可以像巫女一樣，了解一點未來的事。那只是個窮酸的劣質商品，但還是可以派上一點小用場。」

「理惠怎麼會有那個東西？」

「哼，應該說她有點小運氣吧。」

女孩似乎不想多談這件事。

「總而言之，只要理惠手上有那個『巫女罐』，她就可以預測未來，而且那個罐子有種威力，可以讓主人看起來閃閃動人，所以別人自然而然的會被她吸引。」

原來是這樣。美咲點了點頭，雖然聽起來有點離奇，但不知道為什麼，她完全相信這一切。這個奇怪的女孩說的都是事實，要不然那個平凡的理惠不可能突然那麼會占卜。

「她果然耍了詐！而且竟然沒有告訴我……我無法原諒她！」

女孩小聲的問咬著嘴脣的美咲。

「你是不是想復仇？」

「……」

「我知道你內心充滿了怒氣，必須趕快發洩出來。你不必在意理惠，你是她的好朋友，她竟然沒有把『巫女罐』的事告訴你，也不和你分享，而是自己獨占，這根本是背叛的行為，你不覺得嗎？」

她說得沒錯，美咲用力點頭。

「理惠是個叛徒，她背叛了我，我一定要教訓她。」

美咲的眼中燃起熊熊怒火。

女孩見狀，開心的遞給她一顆蘋果。那顆蘋果的顏色很深，幾乎接近黑色，發出好像金屬般的光澤。

美咲看到這個可怕的蘋果，忍不住抖了一下。雖然一開始感到很害怕，但她漸漸感受到這顆蘋果的強烈魅力。

「我想要，我很想、很想要這顆蘋果。」

女孩再次小聲對她說：

「如果你想要，我可以送給你。這是我送你的禮物。」

「可、可以嗎？」

「當然可以。這是在某個地方栽培出來的特殊蘋果，我稍微動了點手腳，就完成了這顆美妙的『三隻手蘋果』，來，你收下吧。」

「錢呢？要多少錢？」

「你真傻，我不是已經說要送你了嗎？不過我有一個要求，如果看到紅光，一定要得手，這一點無論如何都要遵守。」

「紅光？」

「你很快就會知道了。呵呵呵，別擔心，雖然你一開始會感到不知所措，但很快就能妥善運用這種能力了。」

女孩說完，便讓蘋果落到美咲手上。美咲驚訝的發現蘋果很重，簡直就像真的是金屬做的，而且它的外表很有光澤，看起來很漂亮，接近黑色的深紅色很能打動人心。

「這是我的蘋果，這是為我製造的蘋果。」美咲越看越有這種感覺。

正當美咲看著蘋果入迷時，那個女孩在不知不覺中消失不見了，但美咲覺得無所謂，重要的是自己得到了那顆蘋果。

美咲輕輕拿起蘋果嗅聞味道。好香！香氣很清新，而且帶著甜味，她的口水一下子就流了出來。

雖然她覺得在大庭廣眾之下啃蘋果有點丟臉，但她已經無法忍耐了，感覺要是現在不吃，自己就會死去一樣。

美咲大口咬著蘋果。

滿滿的果汁在嘴裡擴散，簡直就像在喝果汁。蘋果的味道實在太甜了，而且口感濃郁，簡直就像在吃蜜。雖然吞下去時有一點苦味，但蘋果的甜味讓她完全不在意這件事。

原本她只想嚐一口，但是卻欲罷不能的一口接著一口。

美咲就這樣把整顆蘋果都吃光了。

她心滿意足的嘆了一口氣，在把蘋果芯丟進垃圾桶之後，發現一件奇妙的事。

她發現公園內的人很奇怪。

散步的奶奶、推著嬰兒車的年輕媽媽，還有坐著喝飲料、看起來像上班族的叔叔，他們手上的皮包和長褲的口袋，都發出了藍黑色的光。

「這、這是怎麼回事？」

她揉了揉眼睛，還是可以看到那些光。雖然那種顏色很可怕，但不知道為什麼很有吸引力。當她注視那些光時，會情不自禁的伸出手。

美咲偏著頭感到納悶，想走出公園。這時，有一個正在慢跑的姐姐和她擦身而過。那個姐姐戴著耳機，輕盈的跑了過去，她繫在腰上的腰包也發出了那種光。

「好想要。」美咲忍不住這麼想。

當她腦海閃過這個念頭時，立刻有什麼東西落在她手上。

她驚訝的低頭一看，發現自己拿著一個看起來很昂貴的名牌皮夾。她看向那個姐姐，發現她的腰包不再發光了。

美咲立刻察覺到這是怎麼一回事。

「我知道了！」公園裡那些藍黑色的光，應該是貴重物品發出的光芒，只要自己想要，就可以輕而易舉的得手，可以輕輕鬆鬆的偷過來。

「原來這就是『三隻手蘋果』的威力！」

美咲興奮得差點叫起來，但她不能讓別人知道自己有這種能力。

美咲對慢跑的姐姐說：「你的皮夾掉了。」她很高興的說：「啊，真的耶，謝謝你。」她接過皮夾，完全沒有發現是美咲偷的。

美咲稍微有了點自信，決定試試偷竊的本事。

走出公園的她來到馬路上，逐一感受擦身而過的人發出的光芒。

「我想要。」

只要她腦中閃過這個念頭，無論是皮夾、手錶還是首飾，都會出現在她手上。美咲每次都會把偷來的東西馬上交還給物主，她並不想成為小偷，只是想確認自己偷竊的能力，因為她另有其他目的。

她在確認自己的能力時，發現遠處出現了理惠的身影，她似乎要和新朋友一起去唱KTV，有好幾個人圍著她開心的聊天。美咲一看到理惠，就忍不住湧起滿腔怒火。

同時，她發現了一件事。

理惠的口袋在發光，而且光芒和其他人不一樣，是清晰的紅光。美咲忍不住被那如火般燃燒的鮮豔色彩吸引。

就是那個，那一定是剛才那女孩說的「巫女罐」。

美咲忍不住舔著嘴唇。

「我要偷走。我要從理惠手上搶走那道漂亮的光，把它占為己有。」

美咲混在人群中悄悄靠近理惠，理惠和朋友聊得很投入，完全沒有發現。

美咲來到理惠後方，那道紅光不停的閃爍。

「好美的光，簡直就像紅寶石。我想要！我想要！」

她比之前更強烈的祈願。

「咚。」

美咲感覺到一個硬硬冷冷的東西落入自己手中。

「得手了！我偷到了！」

美咲立刻離開理惠身旁，在拉開足夠的距離後，她走進一條小巷子，開始打量她手上的東西。

那是一個銀色的長方形鐵罐，大小差不多像火柴盒一樣，上面刻了許多奇怪的圖案。

「這就是……『巫女罐』。」

不知道裡面裝了什麼。正當她想打開蓋子，看看裡面有什麼東西的時候，突然有人抓住了她的手腕。

抬頭一看，一個神色嚴肅的男人站在她面前，他用同情又嚴厲的表情看著美咲。

「小妹妹，你年紀這麼小，怎麼可以偷東西？如果被你爸媽知道，他們一定會很難過。」

「呃……」

巫女罐

「我從剛才就在注意你了。你的手腳很俐落，偷了不少東西，即使是慣竊，也沒辦法像你這麼輕而易舉就得手。因為你每次都會把東西還給物主，我也沒辦法逮捕你……但是你為什麼只偷走那個女生的東西？」

「呃，啊……你在說什麼？」

「你裝糊塗也沒用。啊，我忘了說，我是警察。」

男人從西裝口袋裡拿出黑色的警察證，金色的徽章閃著光芒。

美咲嚇得臉色發白。自己剛才試身手時，完全沒有人發現，為什麼他會發現呢？而且他還偏偏是個警察，簡直太倒楣了！

這時，美咲發現了一件事。

她在這個警察身上看到宛如紅寶石的美麗紅光，和理惠身上發出的光芒一樣，但是他身上的光更強烈，而且是從全身散發出來的。

為什麼？為什麼這個男人也和理惠有相同的東西？而且光芒不是從一個地方，而是從全身散發出來？

美咲完全搞不懂這是怎麼回事，她越想越害怕，陷入了恐慌，也忘了剛才那個女孩說過「如果看到紅光，一定要得手」這句話。

「我不想被抓，絕對不要！我要逃走！」好可怕，太可怕了。

「喂！你不要掙扎！」

「不要、不要。」

美咲把偷來的「巫女罐」丟在那個男人身上，立刻感覺到男人微微鬆開了手。美咲不顧一切的用力掙脫，然後跑了起來。

她以後再也不會羨慕理惠了，也不會再偷東西。

「老天爺，求求你，讓我躲過這一劫！讓我順利逃走！」

美咲發自內心感到害怕和後悔，拚命的奔跑著。

男人並沒有去追像箭一樣飛奔逃走的少女。他無法去追趕，因為丟在他身上的小盒子掉到地上時，有一個女生從裡面冒了出來。

那個女生的年紀，看起來像是小學五、六年級，臉上長了雀斑，還穿著一件藍色的T恤。男人一看到她的臉，忍不住倒吸一口氣，因為他以前曾經見過這張臉。

女孩一臉茫然，男人小聲的問：

「妹妹……你該不會是野田早苗吧？」

女生用力點了點頭。

「果然是你。你在兩年前失蹤了，這到底是怎麼回事……算了，不管怎樣，現在已經沒事了。叔叔是警察，我姓三河，我會送你回家。」

「回家……媽媽……」

「沒錯，要送你回去見爸爸、媽媽。」

刑警三河緊緊握著女生的手，邁開了步伐。

更科美咲，十七歲的女生，從「倒霉堂」的溅溅手上得到「三隻手蘋果」。她利用蘋果的力量，偷走了同班同學森元理惠的「巫女罐」（第二集〈稻荷仙貝〉中曾經出現），因為遇到刑警三河而失敗（三河曾在第二集〈怪盜螺螺麵包〉中出現，購買了「正義使者：英雄刑警布丁」）。最後，野田早苗從「巫女罐」中被釋放了。（野田早苗曾經在錢天堂購買了「稻荷仙貝」，但她對「稻荷仙貝」不滿足，結果被關進了「巫女罐」。森元理惠買了「巫女罐」，卻被心生嫉妒的更科美咲偷走，當鐵罐掉到地上後，野田早苗終於獲得了自由。）

番外篇　澱澱的懲罰

深夜，「錢天堂」柑仔店地下工房的門無聲無息的打開了。

一個七歲左右的少女溜了進來，她穿著一件彼岸花圖案的黑色和服，還有一頭齊肩的深藍色頭髮，嘴脣就像剛吃了草莓糖漿般鮮紅。

不用說，她就是「倒霉堂」的澱澱。

澱澱打量著寂靜無聲的工房，忍不住露出得意的笑容。

「我猜對了，紅子還是那麼天真，以為抓了我的招財貓就可以高枕無憂。工房竟然連門也不鎖，真是太大意了。當然，對我來說這樣比較好。」

澱澱命令那兩隻潛入錢天堂的招財貓，盡可能在錢天堂的商品中加入惡意精華，大肆破壞這裡的商品。但這並不是她真正的目的，澱澱的目的是要讓紅子放鬆警惕。

紅子發現商品遭到破壞時，一定很快就會找出黑色招財貓，然後把牠們抓起來。之後呢？她一定會因為抓到了澱澱的爪牙而輕忽和大意。

事實上，紅子現在確實不在「錢天堂」，因為她正四處奔走，回收遭到污染的商品，所以澱澱才能輕輕鬆鬆的闖進來。

沒想到事情竟然都符合自己的預料。澱澱「呵呵呵」的笑了起來，在黑暗的工房內自由走動。

她很快就找到了自己要找的東西。

工房最深處有一個大神龕，神龕內有一個舉著雙手的白色招財貓，身上繫著寫了「福」字的肚兜，兩隻耳朵上掛著金色鈴鐺，可愛的臉上露出了笑容。

「找到了。」澱澱忍不住舔了舔嘴脣。

「原來這就是『祝福招財貓』。」

這個工房生產的所有商品，都會先供奉給那隻招財貓，在受到祝福之後，才會放到店裡販售。神龕前的花車展示架堆滿了各種零食，應該是準備拿去店裡販售前供奉給「祝福招財貓」的商品。

澱澱抬頭看著在神龕上露出微笑的「祝福招財貓」，雙眼一亮。

這隻招財貓是「錢天堂」的心臟，只要它不見了，就可以讓「錢天堂」受到沉重的打擊。

澱澱原本就不打算讓黑色招財貓做這件事，因為她打算親手毀了「錢天堂」最重要的東西。

澱澱露出不懷好意的笑容，走向「祝福招財貓」。要先把它的兩隻手折斷，還是扯下它的肚兜丟在地上？不，還是按照原本的計畫，在它身上灑很多邪惡精華比較好。

澱澱拿出自己帶來的小瓶子，裡頭是她蒐集所有惡意再加上自己的恨意熬煮出來的邪惡精華。只要把這個液體淋在「祝福招財貓」身上，它就完蛋了，即使是「祝福招財貓」，也會無法再給予祝福。

澱澱想像著紅子不知所措的臉，忍不住笑了起來。這時，有個柔軟的東西撞到了她的腳。

「嗚哇！」

因為事出突然，澱澱被嚇到了。當她驚慌失措的閃開時，撞到了原本放在旁邊的花車展示架。

隨著一聲巨響，澱澱和花車展示架一起倒了下來，原本放在花車上的許多商品全都散落一地，有些甚至還從包裝袋和包裝紙內掉了出來。

其中有一款閃閃發亮的糖果，在地上彈了一下，剛好彈進倒在地上的澱澱嘴裡。

糖果一下子衝到澱澱的喉嚨深處，她「呃」了一聲翻著白眼，但因為太過突然，來不及把糖果吐出來，就這樣吞了下去。

澱澱立刻感受到異常的變化。

她搖搖晃晃的站起來，準備逃走。剛才的聲音一定會把金色招財貓吵醒，牠們應該很快就會跑來這裡。雖然沒有破壞「祝福招財貓」很可惜，但下次再找機會動手就行了。

她打定主意後，準備轉身離開，沒想到身體卻無法動彈，簡直就像是被無形的線綁住了，手腳完全動不了。

「這、這是怎麼回事？」

她著急起來，發現自己的手指慢慢結凍了，白色的冰從指尖向手腕蔓延，然後又從手腕向肩膀擴散。

「這、這是怎麼……我不要！紅子！可惡！來救我！快來救我！我不要！住手！紅子！」

即便她大吼大叫，結冰的速度卻絲毫沒有緩和下來。

澱澱大喊著紅子的名字，變成了冰的結晶。

紅子直到隔天才回到工房，看到被冰封的澱澱，她瞪大了眼睛。

「澱澱……怎麼會……變成這樣？」

這時，墨丸不知道從哪裡跑了過來。

「喵啊啊，喵喵喵。」

「喔，墨丸，原來是你阻止了澱澱，結果花車展示架倒了……有什麼東西掉進澱澱嘴裡？」

「嗚喵喵。」

「雪白又閃亮的糖果？……我懂了，原來是這麼一回事。」

紅子恍然大悟，用力點了點頭。

「要銷毀被惡意精華污染的商品沒那麼簡單，得先澈底潔淨才行，所以招財貓牠們齊心協力，把所有的商品全都搬來供奉給『祝福招財貓』。那些商品裡有『好冷好冷冰糖』，而且糖果還剛好掉進了澱澱嘴裡。」

因為商品裡加了惡意精華，所以「好冷好冷冰糖」的效果也發生了變化。原本糖果只會帶來舒適的冰涼效果，現在卻具有冷凍庫般的威力，所以讓吃了冰糖的溵溵結了冰。

「自作自受這句話，還真適合用在溵溵身上，她竟然被自己的惡意害了，看來溵溵的運氣也到此為止了。」

「嗚喵？」

「你問要怎麼處理溵溵？嗯，雖然我可以為她解凍……不，還是算了，讓她在冷凍庫裡稍微冷靜一下。什麼時候放她出來？等我高興的時候再說。呵呵，反正暫時沒有這個打算。」

紅子露出無敵的笑容，把墨丸抱了起來。

「墨丸，你這次立了大功，真的幫了很大的忙。因為有你，我才能回收散落各地的零食。對了對了，我也找到蘋果了。」

「喵嗚？」

「對，澱澱把它改成『三隻手蘋果』這種壞東西，有個小女生吃了蘋果，可能遇到了很可怕的事，一直躲在被子裡發抖。我請她讓我消除效果，她高興得點頭答應，這件事才終於解決了。」

紅子說完，微微皺起了眉頭。

「我覺得腰痠背痛，可能是之前工作太賣力了。招財貓也累了，這樣沒辦法做出好商品……好，溉溉也終於解決了，乾脆去旅行散散心吧。」

「喵？」

「沒錯，我要去四處走走增長見聞，吃吃美食，再好好泡溫泉。

怎麼樣？是不是好主意？」

「嗚喵！」

「那就趕快收拾行李吧。啊，對了，墨丸，上次你顧店辛苦了，你還向想和外國人當好朋友的客人，推薦了『雙語女孩』對吧？」

「喵啊啊，喵。」

「喔，你煩惱到底該推薦『朋友堅果』還是『雙語女孩』嗎？不不不，沒問題，我相信那位客人一定很滿意。」

紅子一邊說著，一邊和墨丸走出了工房。

怪童推薦的倒霉堂五大零食

我是在第七集和紅子比賽的怪童，在此代替澱澱介紹倒霉堂的商品。

第1名

惡魔糖

這種糖會讓對自己有惡意的人看起來像惡魔，可以用來發現意想不到的敵人。因為只要看一眼，就可以看出對方對自己而言，到底是好人還是壞人。但是討厭自己的人最好不要照鏡子，照了鏡子會怎麼樣？那就任憑你自己想像了……

第2名

窮神口香糖

加了窮神精華的口香糖。咬到沒味道之後，把口香糖黏在討厭的人的東西上，那個人就會被窮神附身，變得越來越窮。但是，如果被附身的人很努力，可以把窮神變成福神，即使討厭的人變成了有錢人，也不要來找我們客訴。

第3名

拆散魷魚乾

具有拆散情侶能力的魷魚乾，是澱澱為了和錢天堂的「你儂我儂紅大頭菜」對抗所研發的商品。拆散幸福的情侶是一件很有趣的事，所以「拆散魷魚乾」的銷量也很好。哎呀呀，竟然有這麼多人見不得別人恩恩愛愛，真是可悲啊。

第4名

搶奪果凍

這是可以輕易從別人手中搶走東西的果凍，最適合想要動歪腦筋占便宜的人。搶功勞、搶考試分數，搶別人的尊敬和信賴，幾乎可以搶走所有的東西，但無法搶走一樣東西——那就是「愛」。因為澱澱不懂得「愛」，所以也不能強人所難。

第5名

主廚巧克力

倒霉堂的人氣商品「七款惡鬼點心」之一，只要吃了這種巧克力，就可以做出收走別人靈魂的料理。嘿嘿，因為這是加了惡魔力量的巧克力，既可以讓自己廚藝大增，又可以讓吃了自己料理的人對自己言聽計從，簡直就是一舉兩得，你說是不是啊？

推薦文

把好的故事內化成為自己的信念

◎李威使（教育部閱讀推手、桃園市新埔國民小學教師）

《神奇柑仔店》系列故事，每一篇都成功的讓兒童在趣味情節中享受閱讀樂趣，還可以藉由故事中隱藏的寓意，讀出人生智慧及行為處事的原則，內化成為自己的信念，達到教養目的。更棒的是，無論大小讀者，都可以隨著故事同理他人的困境或者投射自己的煩惱，然後在故事中慢慢解開千千萬萬個結。

在《SOS！救急媽媽面具》中，除了每個客人來訪購買錢天堂產品外，連錢天堂的老闆紅子都遇上了困擾——競爭對手澱澱偷偷派出黑貓搗亂，在錢天堂的產品中加入了惡意精華，使得紅子必須疲於奔命的收拾善後。作者安排專為顧客解決煩惱的紅子遭遇困擾，點出「解決煩惱或問題的關鍵從來就不只是倚靠他人（或神奇產品）」，否則紅子只要在煩惱時使用自己的產品，不就可以一勞永逸、擺脫澱澱的糾纏嗎？

仔細閱讀這一集後，不難發現許多人使用錢天堂的產品後，最後還是選擇回到「原始的自己」來面對問題。例如無法坦誠說出自己想法的理子，常常因此陷入沮喪的心情，但吃了「想要地瓜乾」之後，卻矯枉過正，變得有話直說，毫不遮掩自己的想法，但她的困擾從壓抑變成貪婪，人際的問題依舊存在。

另一個客人鐵志雖然有著剛強的外表，但是內心卻住著一個感情豐沛的愛哭鬼。他覺得「流淚」會讓同學都看不起他，因而感到丟臉。在鐵志吃了「不哭派」之後，一度志得意滿，認為自己總算擺脫愛哭鬼的形象了，但不久之後，卻又被同學評論為鐵石心腸冷酷無情的人。你發現了嗎？鐵志的問題從來不是哭或不哭，而是他太在意同學的評論，無法接納真實的自己。如果鐵志無法體會到這一點，他將只會在別人的評論中擺盪，隨波逐流。等等，或許鐵志可能更需要的是錢天堂的「誠實肉桂糖」吧！如果他能真實的面對自己的困擾，就能踏上為自己出征的旅程，但如果他一味的把自己的困擾解讀成他人所造成，又會怎麼樣呢？

抱著當星媽虛榮心的綾子，以為只要強迫孩子變成戲劇明星，生命才有價值，因此她逼迫蘭丸吃下「面具菠蘿麵包」，不過卻發現失去了孩子的笑容和開朗。綾子直到最後仍沒發現是自己的價值觀出了問題，依舊把解決問題的希望寄託在神奇商品上，所以最後仍在大街小巷跑斷了腿，想尋找錢天堂，但也不會有任何結果了。

看看這些人的故事，你是否覺得《神奇柑仔店》中的每個故事其實也在你身邊呢？這些神奇商品其實只是加速催化每個人原本該面對的課題，或者迫使人們能夠用新的視角來面對問題。但真實生活中，真正神奇的是我們都可以選擇勇敢面對懼怕，也能選擇堅強認識自己的軟弱──你不用在大街小巷尋找神奇柑仔店，因為你自己就能成為自己最棒的神奇道具，讓自己勇敢面對大小困難事。

開一家吸引紅子的商店

活動設計／李威使（教育部閱讀推手、桃園市新埔國民小學教師）

紅子終於收拾好澱澱惹出來的麻煩，而澱澱也暫時待在冷凍庫裡不會出來作亂，不過紅子卻覺得腰痠背痛，決定帶墨丸出去旅行，增廣見聞……

現在，輪到你開一家店，好好招待遠道而來的紅子吧！請你想想，你要開一家什麼樣的店？這家店的特色是什麼？主要銷售的商品是什麼？我們幫你爭取到一個免費的廣告宣傳機會，請用圖片和文字，好好介紹這家店的特色，寫出一篇吸引紅子上門光顧的廣告文案吧！

誰吃到壞掉的面具菠蘿麵包

小朋友，吃了「面具菠羅麵包」的人，就可以像換面具一樣做出各種表情。但是如果吃到添加惡意精華的麵包，那個表情可能就會怪怪的。找家人或朋友一起來玩，看看是誰吃了壞掉的「面具菠蘿麵包」。

遊戲玩法：

1. 準備各種情緒卡或狀況卡。
2. 玩家們輪流抽卡，並輪流做出情緒卡或狀況卡上的表情。
3. 如果猜對表演者的卡片，代表表演者吃到沒有惡意精華的麵包，猜對的人可以獲得該字卡；相反的，如果大家猜錯了，那表示面具麵包肯定有問題。
4. 計時五分鐘，獲得最多健康麵包字卡的人獲勝。

情緒卡

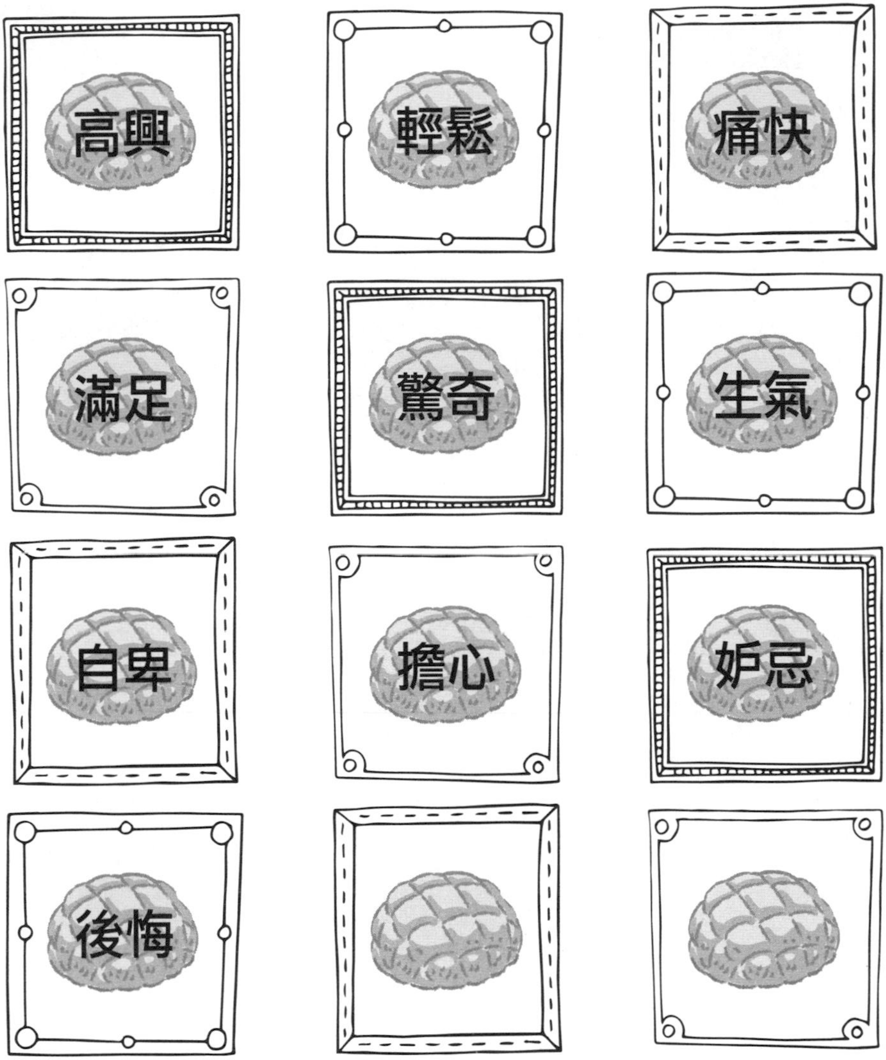

（請影印後，沿線剪下情緒卡，你也可以在空白處設計新的情緒卡）

狀況卡

無所事事的
假日

好朋友無緣
無故排擠我

明天開學，
暑假作業
還沒寫完

運動會賽跑
得到第二名

（請影印後，沿線剪下狀況卡，你也可以在空白處設計新的狀況卡）

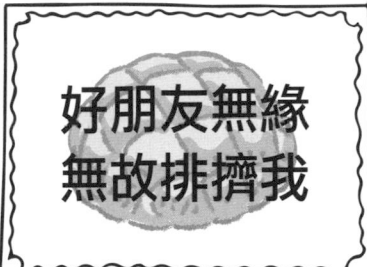

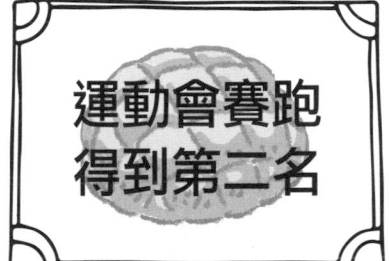

神奇柑仔店8

SOS！救急媽媽面具

作　　者｜廣嶋玲子
插　　圖｜jyajya
譯　　者｜王蘊潔

責任編輯｜楊琇珊
特約編輯｜葉依慈
封面設計｜蕭雅慧
電腦排版｜中原造像股份有限公司
行銷企劃｜葉怡伶

天下雜誌群創辦人｜殷允芃
董事長兼執行長｜何琦瑜
媒體暨產品事業群
總經理｜游玉雪
副總經理｜林彥傑
總編輯｜林欣靜
行銷總監｜林育菁
主編｜李幼婷
版權主任｜何晨瑋、黃微真

出版者｜親子天下股份有限公司
地址｜台北市 104 建國北路一段 96 號 4 樓
電話｜（02）2509-2800　傳真｜（02）2509-2462
網址｜ www.parenting.com.tw
讀者服務專線｜（02）2662-0332　週一～週五：09:00~17:30
讀者服務傳真｜（02）2662-6048
客服信箱｜ parenting@cw.com.tw
法律顧問｜台英國際商務法律事務所・羅明通律師
製版印刷｜中原造像股份有限公司
總經銷｜大和圖書有限公司　電話：（02）8990-2588

出版日期｜2020年 9 月第一版第一次印行
　　　　　2024年 1 月第一版第二十六次印行
定　　價｜300元
書　　號｜BKKCJ065P
ISBN｜978-957-503-645-4（平裝）

國家圖書館出版品預行編目資料

神奇柑仔店8：SOS!救急媽媽面具／
　廣嶋玲子 文；jyajya 圖；王蘊潔 譯.
　-- 第一版. -- 臺北市：親子天下, 2020.09
264面；17X21公分. --（樂讀456系列；65）
譯自：
ISBN 978-957-503-645-4（平裝）

861.596　　109009528